軌跡

今野 敏

目次

老婆心

1

一斉の無線が入った。

目黒署管内の商店街近くで、男性が血を流して倒れているのが発見されたという。当番だった大島圭介《おおしまけいすけ》巡査部長の班は、すぐさま現場に出かける用意をした。大島の班は、警視庁の捜査一課第五係だ。いつも組んで仕事をしている湯島博《ゆしまひろし》巡査が、背広姿で出かけようとしている。

「コートを着ていけ」

大島は言った。「外は冷えるぞ」

「だいじょうぶですよ。若いですからね」

警部の係長以下、警部補二人、巡査部長六人、巡査および巡査長が六人の第五係は本庁舎六階の捜査一課を後にした。

本人が言ったとおり、第五係の中で湯島が一番若い。まだ三十二歳だ。所轄の刑事を経験して本庁《ホンブ》に来たばかりだ。

巡査部長と巡査および巡査長が組んで仕事をするのだが、大島は今年四十になった。本庁の巡査部長としてはベテランに属する。

それで、新米の湯島の面倒を見ることになったわけだが、正直言って少し持てあましている。三十二歳というと、世間では決して若くはないと思うのだが、湯島は、まだ学生の青臭さが抜けていないように思える。

外は思った以上に寒かった。

現場到着《ゲンチャク》が午前四時五分。夜明け前の寒さが身に染みる。湯島には内緒だが、股引《ももひき》をはいている。

かつて、やはり寒い季節に吹きさらしの屋上の現場で辛い思いをしたことがあるのだ。もう無理がきかない年になってきた。

湯島とは八つしか違わないのにな……。

大島はそんなことを思いながら、現場に張り巡らされている黄色いテープをくぐった。殺人現場は、馴染《なじ》みの雰囲気だ。

すでに機動捜査隊と所轄の捜査員たちが現場の保存と周囲の聞き込みを始めている。所轄の鑑識たちが黙々と仕事をしている。番号札を立てて現場に残っているあらゆるものを写真に収めている。

そのストロボが周囲の壁に反射する。壁を照らしているのは、ストロボだけではない。そばに駐車したパトカーや機動捜査隊のバンの回転灯の光が周期的に壁を赤く染める。

そこは、私鉄のガードの脇だった。細い公園になっている。私鉄のガードとその公園を挟んで二つの通りが平行している。

一つは商店街で、一つは飲食店街だ。古い商店街で、伊勢中《いせなか》商店街というらしい。

死体は、私鉄のガードと商店街のビルの壁に挟まれた細長い公園にあった。公園といっても、ちょっとした緑地帯と遊歩道があるだけだ。歩道は舗装されている。死体はその遊歩道に横たわっているのだ。

遊歩道沿いに街灯が並んでいる。さらに、所轄が投光器を持ってきていたので、現場は明るく照らされている。

係長が班を代表して、機動捜査隊や所轄の捜査員に話を聞いている。

大島は死体を見る前にまず周囲を観察した。人通りがまったくない。商店街の向こう側は静かな住宅街になっているようだ。

私鉄のガードの壁面に奇妙なものが描かれていた。もちろん、それが何であるか知っていた。若者たちの落書きだ。

スプレーで意味不明のマークだの文字だのを吹き付ける。なんでも、ギャングと称する非行グループが縄張りを主張するためにやるのだそうだが、おそろしく街の景観を害するので、昨今問題になっている。

「こんな平和そうな住宅街にまで、こんなことをするやつがいるんだな……」

大島は言った。死体を見つめていた湯島がきょとんとした顔で大島を見た。

「何のことです?」

「この落書きだよ」

「ああ、グラフィティーやタギングのことですね。こういうの、どこにでもいますよ。最近はむしろ住宅街のほうが多いんじゃないですか」

大島は、死体に眼を移した。まだ若い男だ。カーゴパンツに、パーカーを着ている。野球帽のようなキャップをかぶり、その上からパーカーのフードをかぶっている。

うつぶせに倒れており、顔が右側を向いている。殺人の被害者はたいていそうだが、自分に何が起こったのか理解できないとでも言いたげに目を見開いている。この死体もそうだった。

「お、ごくろうさん。冷えるね、どうも……」

聞き慣れた声がして大島は振り返った。大島は場所をあけた。

検死官の谷平史郎《たにへいしろう》が近づいてきた。

「お、島島コンビじゃねえか。元気でやってるかい」

大島は会釈をしただけだったが、湯島は平然とこたえた。

「はい、このとおりです」

「けっこうでやすね。はい、ちょっと失礼しやすよ」

谷平史郎検死官は、そう言うと死体のかたわらにしゃがみ込み、両手を合わせて目を閉じた。

それから、死体に話しかけるようにつぶやいた。

「おめえさん、こんなんなってさぞ悔しいだろう。さ、いろいろと教えておくんなよ」

日本の検死官というのは、アメリカなどの検屍《けんし》官とは違う。検屍官は医師だが、日本の検死官というのは警察官なのだ。刑事調査官ともいう。捜査経験の豊富な警視以上で、法医学を研修した者が任命される。

本来検視というのは、検察官が医師の立ち会いのもとに行うものだが、実情はなかなかそうはいかない。医師の手配や検察官への連絡・到着を待っていると初動捜査がどんどん遅れていってしまう。

そこで、刑事調査官、いわゆる検死官が「代用検視」をやるわけだ。

谷平史郎も刑事畑一筋のベテラン警視だ。警視といえば巡査部長や巡査から見れば雲の上の存在だ。その警視に対して、軽々しく言葉を返した湯島の態度に、大島はひやひやしていた。

しばらく死体を検分していた谷検死官は、ふいに振り向いて言った。

「お嬢も見ておくかい？」

大島は、その言葉に背後を見た。

捜査員に交じって、島崎優子《しまざきゆうこ》が立っていた。大島はあわてて一歩さがった。

いつもはタイトスカートかパンツスーツ姿の島崎優子は、ジーパンにフライトジャケットという軽装だった。自宅から大急ぎで駆けつけたのだろう。長い髪をひっつめにしている。捜査員たち同様に白い手袋をしていた。

「失礼します」

彼女は小声でそう言うと、大島の前を通り過ぎた。シャンプーの匂いがする。

優子は、警察庁から研修で警視庁に出向している心理調査官だ。正式にそういう役職があるのかどうか、大島は知らない。英語で言えばプロファイラーだ。

役職はどうあれ、警察庁から出向となれば、当然キャリアだろう。となれば、どう考えても階級は大島より上だ。しかも、二、三年ごとにどんどん昇級していく。

優子はいつも谷とともに行動している。谷が優子の研修を担当しているのだ。

「お嬢、おめえさん、どう思う？」

谷検死官が、島崎優子心理調査官に尋ねた。優子は、即座にこたえた。

「この恰好《かっこう》は、イギリスで人気のあるラップ・ミュージシャンを真似たものですね。キャップの上からフードをかぶっています」

「へえ、おいら、寒いからこんな恰好をしてんのかと思ったぜ。訊《き》いてみるもんだね。他に何かわかるかい？」

「いいえ」

島崎優子は、かぶりを振った。「まだ判断材料が少なすぎます」

「これ、遺留品なんだが……」

所轄の捜査員が近づいてきて言った。「被害者のものか犯人のものかはまだわかっていない」

ビニールの袋をぶら下げている。その中には音楽CDが入っていた。

所轄の捜査員は、島崎優子に向かって言った。

「あんたが言う、ラップのCDのようだがどうだい？」

島崎優子は、それを手に取らぬままこたえた。

「日本人アーティストのCDですね。私にはわかりません」

「ジャケットの写真、被害者と同じような恰好をしてるじゃないか」

「ヒップホップ系だということはわかります」

「このあたりで苦情が出てたんだよな」

谷が聞き返した。

「苦情？」

「ええ。商店街に取り壊し予定の古いアパートがありましてね。一階が貸店舗になってたんですが、借り手もつかなかった。そこに、こんな恰好をした連中が出入りするようになって、路上でスケボーやったり、建物をへんてこな落書きで埋め尽くしたりで……。そうしたら、周囲にも落書きが増えましてね……。ギャングだか何だかのサインみたいなもんなんでしょう、あれ」

捜査員は、私鉄のガードの壁面を指さした。「商店街の連中は、今に何か起きるって言ってたんですが、地域課もただそれだけじゃ取り締まりはできないってこたえてたらしい」

彼は、死体を見下ろした。

「つまり……」

大島は言った。「ついに、商店街の人たちが恐れていたことが起きたということですか？」

「そうじゃないのかねえ。ま、地元の連中が巻き込まれなくてよかったけどな」

こんな連中は死のうが殺されようがかまわないという口ぶりだ。不謹慎なようだが、本音だろう。強行犯係の刑事は、いちいち殺人事件に驚いていては仕事にならない。

「いつまでもこんなところに寝かせといちゃ、ホトケさんもかわいそうだ。運んでやんな」

谷検死官が言った。「おいらも解剖に立ち会うから、行き先を教えてくんな」

所轄の刑事たちが死体を現場から運び出した。

谷検死官は、第五係の係長をつかまえて言った。

「おう、帳場が立つぜ。おまえさんの班は、明日《あした》から目黒署に詰めてくんな」

特別捜査本部ができるということだ。殺人事件となれば当然だ。また、しばらく朝から深夜まで働きづめの生活が続く。自宅に帰れない日も多くなるだろう。

それが刑事の日常だ。

朝になり、大島は警視庁から自宅の妻に電話をした。

「明け番だが、帰れなくなった。昨日目黒署管内で殺人事件があってな。目黒署に捜査本部ができる」

「あなた、ちょうど電話しようと思っていたところなの」

「どうした？」

「郷《くに》のお兄さんから電話があって……。お母さんが倒れたそうよ」

「おふくろが……」

母は、故郷の長野にいる。兄夫婦が面倒をみてくれている。しばらく故郷にも帰っていないが、別に悪いところはないはずだった。

兄は滅多なことでは電話してこない。倒れたというのは、穏やかではない。

大島の気持ちは激しく揺れ動いた。

すぐにでも母親のもとに飛んでいくべきだろう。だが、あまりにもタイミングが悪い。今日のうちにも捜査本部ができる。そちらに詰めるのが最優先だ。

「すまんが、詳しく容態を聞いておいてくれ。場合によっては、おまえに行ってもらうかもしれない」

「あたしが……。だって、あなたのお母さんでしょう？」

「言っただろう。殺人事件があって捜査本部ができる。抜けられないんだ」

妻はしばらく無言でいた。

やがて、溜《た》め息混じりに言った。

「わかった。とにかく、お兄さんと連絡を取ってみる」

「ああ。何かあったら、携帯に電話をくれ」

電話を切ると、隣の席の湯島が大島のほうを心配そうに見ていた。

「何かあったんですか？」

「何でもない」

湯島は、小さく肩をすくめた。

母親のことが心配でないはずがない。丈夫が取り柄だと思っていたが、もう何があってもおかしくない年だ。大島は、気がかりなまま目黒署に向かった。

目黒署では、捜査本部の設置に大忙しだった。すでに本部が置かれる大会議室の前には記者たちが集まっていた。

第五係が到着すると記者が群がり質問が飛んだ。まだ何も発表する段階でないことは、彼らも知っている。昔ならこういう時に何かをささやく刑事もいたのかもしれないが、今ではほとんど儀礼的といっていい。それだけ情報管理にうるさくなっている。

「よお、来たか」

大会議室にすでに谷がいたので、大島は驚いた。島崎優子もいっしょだった。おそらく、解剖に付き合って、そのままこちらに直行したのだろう。

係長が谷に尋ねた。

「谷さんも、帳場に詰めるんですか?」

「いけねえかい?」

「いや、とんでもない。でも、警視庁に四人しかいない刑事調査官が、帳場に缶詰じゃ……」

「おいらね、現場で捜査方針だけ出して、あとはお任せ、なんてまねはできねえんだ。せめて最初の会議だけでも寄らしてもらうよ。そのために解剖した大学病院から直行したんだ」

大島は、その会話をぼんやりと聞きながら、母親のことが気になっていた。やはり、すぐに帰るべきだったろうか……。

ふと、大島は谷の隣に立っている優子が妙に青い顔をしているのに気づいた。解剖に立ち会ったせいだろうか。いや、そんなはずはない。解剖なら、谷といっしょに何度も立ち会っているはずだ。

ふいに優子が携帯を取り出した。マナーモードで着信したようだ。電話に出ると、相手の話を聞きながら、部屋の外に向かった。

その様子は明らかにおかしかった。何があったのだろう。大島は、自分が抱えている問題もさることながら、その態度が気になっていた。

2

「被害者の身元が判明。氏名、吉田孝《よしだたかし》。年齢、二十一歳、無職」

捜査会議が始まり、所轄の強行犯係長が報告した。「住所は、狛江《こまえ》市岩戸《いわど》北《きた》一丁目……。免許証と財布を所持していました。所持金は、五千四百三十円……」

大島は、なんとか会議に集中しようと、配られた資料を睨《にら》んでいた。だが、ほとんど頭に入らない。

今のところ、妻からは何の連絡もない。ということは、母の容態はそれほど深刻ではないということだろうが、せめて何で倒れたのか、どういう状況だったのかだけでも知りたかった。

いつの間にか、強行犯係長の説明が終わり、谷検死官が発言していた。

「死因は、細長くて鋭い刃物で刺されたことによる、失血死。刺し傷は二ヵ所。それが小腸と肝臓に達していた。その他に目立った傷はない。あまり揉《も》み合った様子はないということだね。待ち伏せかあるいは出会い頭に、いきなりブスリって印象だ」

谷は、島崎優子のほうを見た。「お嬢、何か付け足すこと、あるかい？」

捜査員たちが、島崎優子に注目した。すでに、彼らは、優子が警察庁から出向してきているということを知っている。谷は彼女の階級を言っていないが、キャリアだと誰もが思っているはずだ。

優子は、はっと周囲を見回してから、谷に言った。

「すいません、何でしょうか？」

心ここにあらずという感じだった。

「おいらの言ったことに、何か付け足すことはないかって訊《き》いたんだ」

優子は動揺した様子で言った。

「いいえ。ありません」

谷の話を聞いていなかったのは明らかだった。

おかしい。大島は思った。優子らしくない。いつもは、一分の隙もないのだ。

「狛江あたりの住人が、どうしてあんな目黒区の商店街のあたりにいたんだ？　渋谷や新宿ならいざ知らず……」

捜査本部を仕切っている捜査一課の田端守雄《たばたもりお》課長が思案顔で言った。

所轄の強行犯係長がこたえた。

「それについては、おそらく商店街にあった古いアパートの一階貸店舗部分のことが関係しているのではないかと思われます」

「何だそれは」

「商店街の住民から最近苦情が出てまして……。妙な恰好《かっこう》をした若い連中が出入りするようになって、そのアパートを気味の悪い落書きで埋め尽くしたり、路上でスケボーをやったり……」

「被害者は、そこに出入りしていた若い連中の一人だということか？」

「まだ、推測の段階ですが……」

「確認を取れ。それから報告を聞こう」

田端課長はお飾りではない。捜査畑一筋の叩《たた》き上げだ。いい加減な発言は許さない。

「わかりました」

強行犯係長は、目配《めくば》せで目黒署の捜査員たちに指示した。

「他に何かあるか？」

田端課長が尋ねると、強行犯係長がこたえた。

「遺留品です。現場に音楽CDが落ちていました。『Gドライブ』というグループのCDなんですが……」

「どんな音楽だ？」

「これ、音楽なんですかね？ ラップっていうんですか？ なんかお経みたいにだらだらとしゃべってるんです。ジャケットの写真を見ると、『Gドライブ』というグループは、被害者と同じような恰好してますね」

田端課長は、わずかに顔をしかめた。もっと確かな情報が欲しいのだ。

「誰か、こういうことに詳しい者はいないのか？」

現場で優子とCDについて話した捜査員が言った。

「心理調査官殿は、こういうことにお詳しいご様子でしたが……」

現場のときとはうって変わって、ばか丁寧な言葉づかいだ。慇懃《いんぎん》無礼というやつだ。

再び、捜査員たちが優子に注目する。優子は、またしてもぼんやりしていた。田端課長が尋ねた。

「島崎さん。あんた、ラップとか詳しいのかい？」

「あ……」

優子は言った。「別に詳しくはありません。通り一遍の知識しかありません」

捜査員の間から失笑が洩《も》れた。田端課長は言った。

「まあいい。その辺も聞き込みに期待するしかない。じゃあ、班分けをしてすぐに捜査にかかってくれ。上がりは夜十時、十一時から二度目の捜査会議をやる。以上」

第五係の係長と、所轄の強行犯係長が中心になって班分けを始めた。地取り、鑑取り、遺留品、手口などの班に捜査員を振り分けるのだ。

特に地取り班の場合、本庁の捜査員と所轄の捜査員がペアを組むのが一般的だ。口の悪い者は、「所轄は道案内」などと言う。また、ベテランと若手が組むことが多い。若手を教育する意味合いがある。

大島と湯島のペアはそのまま鑑取り班に組み込まれた。鑑取りの場合は土地鑑は必要ないし、他の所轄の管内に足を踏み入れることが多いので、本庁の捜査員が担当するのが妥当だ。

谷と優子は、予備班に組み入れられた。予備班というのは、デスク待遇だ。ベテラン捜査員の役目で、容疑者の身柄を取ったときなどに、取り調べを担当したりする。

最初の会議だけに顔を出すと言いながら、この分では、谷は捜査本部に居座るつもりらしい。それはそれで心強かった。谷は単にベテランというだけではない。普通の捜査員にはない独特の眼を持っている。大島は、常々そう感じていた。

湯島が浮かない顔をしている。

「どうした」

大島が尋ねると、湯島はけだるそうに言った。

「なんか、風邪を引いたらしくって……」

「ばかやろう。だから言ったんだ。現場行くときはコート着て行けって……」

「だいじょうぶです。たいしたことありません。寝込んだりはしませんよ」

「あたりまえだ。帳場が立ったんだぞ。事の重大さがわかっているのか」

腹が立った。自己管理の甘さだ。こっちはどんな思いをしてここに詰めていると思ってるんだ。そう言ってやりたかった。だが、湯島にそんなことを言っても始まらない。

「ひどくならないうちに、薬飲んどけ」

「だいじょうぶですよ」

「たのむから、たまには俺の言うことを聞いてくれ」

湯島はちょっと驚いたように大島の顔を見た。それから、怪訝《けげん》そうな顔で言った。

「わかりました。薬飲みますよ」

「署内に風邪薬くらい置いてあるだろう。もらってこい。さっさと行け」

「あのう、島チョウ……」

「何だ？」

「ほんと、何かあったんじゃないすか？」

「何もない。早く行け」

湯島は、大島を見ながら離れていった。

大島は、携帯を出して自宅に連絡を取ろうとした。そのとき、谷が近づいてくるのが見えた。

「おめえさん、お嬢を連れてってくんねえかい」

大島はあわてて携帯をしまうと、言った。

「私が、ですか？」

「ほら、いつぞや、おまえさんたち、お嬢といっしょに仕事したことあるだろう。お嬢だって、こんなロートルとここにいても研修になんてなんねえや。面倒みてやってくんな」

「わかりました」

谷に言われたら、そうこたえるしかない。

「島島コンビに、島崎が加わって、島島島トリオになったな」

谷は、語呂《ごろ》合わせで、優子を俺たちに押しつけたんじゃあるまいな。大島は、ひそかにそんなことを思っていた。

「よろしくお願いします」

優子がまっすぐに大島を見て言った。

湯島が戻ってきたので、事の次第を説明した。

「……ということで、三人で出かけることになった」

「はあ……」

湯島は優子を眩《まぶ》しそうに見た。「よろしくお願いします」

被害者の自宅には、他の者が行っている。大島たちは、被害者の交友関係を洗うことにした。

たいていは、職場や学校といった被害者が属している集団に聞き込みに行く。だが、今回の被害者はフリーターだ。とっかかりがない。仕方がないので、自宅に行っている連中と連絡を取り、出身校の同窓生などを当たることにした。

被害者の吉田孝は地元、狛江市の高校を卒業していた。その後、進学するでもなく就職するでもなく、自宅でごろごろしていたそうだ。

高校時代の評判は、可もなく不可もなしといったところだ。目立たない存在だったらしい。特に親しくしていた友達もいなかったようだ。

何人かの同窓生に会ったが、誰も吉田孝のことをよく覚えていなかった。

「理解できん」

大島は思わずつぶやいていた。

「何がです?」

湯島が尋ねた。体調が悪そうだ。

「俺は、高校時代からいまだに付き合っている友達がいる。高校ってのは、そういうもんだろう」

湯島がだるそうに言う。

「時代がよかったんですよ。今の若い連中はそうでもないようです。学校ってのは、昔とは違うんです。だからみんな渋谷とか池袋とかの街に出るんです。学校じゃ友達ができないから、街で気のあったやつを見つけようとする」

「なんでそんなことになったんだ?」

「さあ……。僕なんかにゃわかんないです。そういうの、心理調査官に訊《き》いたほうがいいんじゃないんですか？」

大島は、優子のほうを見た。グレーのパンツスーツを着ている。解剖に立ち会った後、一旦《いったん》、自宅に戻ったのだ。長い髪を巻き上げて頭の後ろで止めていた。キャビンアテンダントのような髪型だと大島は思った。薄化粧だが、充分に美しい。年齢不詳の美女だ。

彼女はまたしても、二人の話を聞いていない様子だった。やはり普通ではない。

「島崎さん」

大島は言った。「仕事に身が入らないようですね」

「いえ、そんなことはありません」

「私たちは今、最近の高校が昔とは変わってしまったという話をしていたんです。それはなぜなんでしょうね？」

「いろいろ理由はあるでしょう。若い人が将来に対する夢を持てなくなっているとか、教師の質が落ちてきているとか、少子化のせいで子供が甘やかされて育ったとか……。私にはわかりません。社会学者じゃないので……」

「そうですか」

やはり、どこか投げやりだ。その話はそれきりになった。

次から次へとロープをたぐるように交友関係を当たっていき、次第に吉田孝の最近の生活が明らかになってきた。

昼間は家にいて、夜な夜な出かけて遊び回っていたらしい。遊ぶといっても、金があるわけではないので、街で仲間とたむろしているだけだ。殺害されたときの服装が物語っているように、やはりボーダーとかヒップホップ系と呼ばれる仲間と付き合っていたらしい。

ボーダーというのは、スケートボード、いわゆるスケボーの愛好家だ。ヒップホップというダンスミュージックや独特のアート、ファッションなどをひっくるめた若者文化と密接な関係があるという。

目黒区の伊勢中商店街にやってきたのは、やはり目黒署の連中が言っていたとおり、仲間たちが古いアパートの一階に集まるようになったからだった。

大島たちは、その連中の一人を見つけ出し、話を聞くことができた。

両脇や後頭部を刈り上げ、頭頂の髪だけが少し厚みがある。耳にいくつものピアスをしており、黒いフード付きのスポーツウエアを着ていた。見た目はひどく凶悪そうだ。ニューヨークあたりのギャングの恰好《かっこう》を真似ているのだろう。

警察だと言うと、警戒心を露《あら》わにした。だが、とにかく、質問にはこたえてくれそうだった。

「吉田のこと、ニュースで聴いてびっくりしたよ。いったい誰がやったんだろう……」

篠田《しのだ》拓郎《たくろう》と名乗った若者は言った。大島はこたえた。

「それを調べているんです。目黒区の伊勢中商店街によく集まるそうですね？」

「伊勢中商店街？　ああ、あそこは友達がボーダー関係の店を出してたんだけど……。まったく売れなくって、今じゃほとんど倉庫状態だ」

「吉田孝さんは、そこによく顔を出していたんですか？」

「そうでもなかったな……。たまにふらっと来る感じ」

「誰かと揉《も》めていましたか？」

「いいや。俺たち、別に悪いことしてねえし……」

「対立していたグループとかは？」

「俺たち、チームやギャングとは違うんだ。ま、でも、こんな恰好してっから、ギャングたちに嫌がらせされたことはあるけどね」

「伊勢中商店街で？」

「店の前じゃないけど、裏の暗いところなんかで何度かあったよ」

「吉田孝さんは、それに巻き込まれたりしていませんでしたか？」

篠田拓郎はしばらく考えていた。

「俺、わかんねえよ。吉田ともそんな、つるんでたわけじゃねえし……」

その後、大島は細かなことをいろいろと訊いて別の仲間の名前と住所を教えてもらった。

篠田と別れると、大島は優子に言った。

「意外と協力的でしたね。見た目ほど印象は悪くなかった」

優子は、空返事をしただけだった。大島は苛立《いらだ》って言った。

「島崎さん、あなた変ですよ。いったいどうしたというのです」

優子は、驚くほど無防備な態度で大島を見た。そのとき、彼女の中で、何かがふっと切れたように感じた。

3

「あの……。猫が死にそうなんです」

優子は、まるで告白するような口調で言った。じっと言うのを我慢していたが、ついに耐えられなくなったという調子だった。

「は……？」

一瞬、大島は何を言われたかわからなかった。「猫ですか……？」

「二日ほど前からほとんど食事をとらなくなって……」

「それが心配で、仕事に身が入らなかったというのですか」

大島はかっと頭に来た。「そんなことだから、警察庁のキャリアが現場の警察官たちになめられるんです」

言ってしまってから、はっとした。

立場上、口に出せる言葉ではない。場合によっては処分もありうる。警察というのは、厳しい階級社会だ。

ペットが死にそうだというのは、飼い主にとってはたいへんなことなのかもしれない。だが、こちとらは、母親が倒れたのだ。それを、猫だと……。

そんな思いがあった。

優子は、少しばかりむっとした顔で言った。

「十年もいっしょに暮らした猫なんです。家族同然なんです」

「猫が死にそう……。わかりました。しかし、もっと現実を見てください。私たちは何の捜査をしているんですか？　殺人ですよ。人が一人殺されたんです。犬や猫じゃなく。息子に死なれた親御さんのことを考えてください」

「わかっています」

優子は言った。「そんなこと、理屈ではわかっているんです。でも、私と私の家族にとっては重大なことなんです」

どうかしている。

大島は、半ばあきれていた。これで、よく警察庁の職員がつとまるもんだ。いや、警察庁だからつとまるのかもしれない。所轄で若い刑事がこんな寝言を言ったら、はり倒される。

無性に腹が立った。

女だからって、甘えるんじゃない。

大島は心の中でそう吐き捨てると、早足で歩きだした。湯島があわてて後を追ってきた。

次に会ったのは、篠田に教えてもらった仲間の一人だ。グループの中心人物だという。名前は、岩本元《いわもとはじめ》。年齢は三十一歳だ。ボーダー系のファッショングッズの販売をしていると言っていた。スケボーの愛好会のまとめ役もやっている。

「吉田ねえ……」

ひげ面で長髪の岩本は言った。「あんまり印象ないんですよ。何が目的で、俺たちのところにやってくるかわからなかったし……」

「目的……？」

「そう。スケボーがうまくなりたいとか、スケボーに関する情報が欲しいとか、音楽について語りたいとか、まあ、みんないろいろ目的があって俺んとこにやってくる。けど、吉田は、ただグループの中にいればいいという感じだった」

「スケボーに関する情報って？」

「テクニックのこととか、スケボーそのものの商品情報とか、有名なプレイヤーのこととか……」

「プレイヤー？」

「そう。スケボー競技の世界大会もあるんだ」

「吉田さんは音楽にもあまり興味がなかったということですか？」

「なかったな」

「『Gドライブ』というグループをご存じですか？」

「ああ。日本のラップ・グループだ。インディーズからCDも出しているよ。通好みのユニットだ」

「吉田さんの殺害現場に『Gドライブ』のCDが落ちていたんですが、吉田さんの持ち物でしょうかね？」

「あり得ないね。吉田はラップなんかにはまったく興味がなかった」

大島は、その言葉に信憑性《しんぴょうせい》があるかどうかをしばらく考えてみた。

「伊勢中商店街の人たちと揉めたことは？」

「誰が？　吉田が？　それとも俺が？」

「両方です」

「俺たちは、別に悪いことはしていないから、商店街の人たちと直接ぶつかったことはない。スケボーをやってると、うるさいと注意されたことはあるし、陰口もたたかれてたみたいだけど、それだけのことだ」

「建物に落書きをしているそうですね」

「家主さんが、もうじき取り壊すから好きにしていいって言ってくれたんだ。だから、ペイントしてみた」

「君たちのグループは、街中の壁や塀にスプレーで何か書いたりはしないのですか？」

「タギングのことかい？　俺たちはそういうグループじゃない。むしろ、タギングをやっているやつらに注意して喧嘩《けんか》になったことがあるくらいだ」

「喧嘩になった？」

「そう。伊勢中商店街のそばのガード下にスプレーでタギングしているギャング気取りのやつらがいた。そういうやつらのせいで、俺たちまで白い眼で見られる。だから、やめろと言った。ああいうやつらは、そういうことを言われると簡単にキレるんだ。それで、喧嘩になった」

おそらく、篠田拓郎が言っていたギャングと同一のグループだろう。

「その後も対立していたのですか？」

「いや。最近は姿を見かけないしな……」

「吉田孝さんは、そのグループと関わりをもっていましたか？」

「喧嘩したかってこと？　さあね。そんな話は聞いたことがない。それより、吉田の女のことを調べたほうがいいんじゃないの？」

「女……？」

「ああ。なんか女のことで悩んでいたみたいだった」

「詳しく聞かせてください」

「詳しいことなんて知らないよ。一度ぼやいているのを小耳にはさんだだけだ」

「誰か事情を知っている人はいませんか？」

岩本元はしばらく考えていた。やがて、言った。

「須賀《すが》のやつなら知っているかもしれない。あいつ、俺たちの中ではわりと吉田と話をしていたほうだから……」

須賀昭雄《あきお》は、長髪の若者だった。彼は、吉田孝が殺されたことについて、ひとしきり「信じらんねえ」と繰り返した。

「吉田さんが、女性の問題で悩んでいたと聞きましたが。何かご存じありませんか？」

「女性の問題ね……。つうか、あいつほとんどストーカーだったしな……」

「ストーカー……？」

「彼氏がいる女を追っかけ回していた」

「その女性を知っていますか？」

「ああ、何度か見かけたことがある。でも、ありゃだめだよ。俺たちとは住む世界が違う」

「どういうことですか？」

「資産家の娘でさ、お嬢様なんだよ。彼氏ってのも、青年実業家ってやつ？　吉田なんててんで相手にされなかった」

「その女性の名前は？」

「江上麻紀《えがみまき》。松濤《しょうとう》の豪邸に住んでいるんだって、吉田が言ってた」

渋谷区松濤は、都内でもトップクラスの高級住宅街だ。江上の自宅はすぐにわかった。須賀昭雄が言ったとおり、豪邸だった。

インターホンで来意を告げると、母親が玄関に出てきて言った。

「娘は大学に行っていて、留守ですが……」

どこの大学かと尋ねると、母親はちょっと誇らしげに有名私立大学の名前を言った。夕方には帰宅するはずだというので、出直すことにした。

「ちょっと失礼します」

大島は、優子にそう言うと、携帯電話を取り出して自宅にかけてみた。妻は出ない。留守電になっていた。携帯にかけても、電源が入っていないか電波の届かないところにいるというメッセージが流れるだけだ。

いったい、どこに行ってるんだ……。

大島の苛立《いらだ》ちは募った。


江上麻紀は、どちらかというと古風な雰囲気があった。

「吉田さんのことは、ニュースで知っています」

今時の若い娘には珍しい、しっかりとした言葉遣いと口調だ。「とても驚きました」

「ストーカーまがいのことをされていたという噂もあるのですが、実際はどうだったのです？」

江上麻紀はびっくりしたような顔をした。

「そんなことはありません」

「あなたにはお付き合いをしている方がいらして、とても迷惑をされているという話を聞いたのですが……」

「ええ、たしかに付き合っている人はいます。ですが、吉田さんともいいお友達でした」

「どこで知り合われたのですか？」

「渋谷で友達と買い物をしているときに、声をかけられました。普通ならそういうの、無視するんですが、何だか面白そうな人だったので……」

「差し支えなければ、お付き合いされている方にもお話をうかがいたいのですが……」

江上麻紀は、まったく躊躇《ちゅうちょ》せずに付き合っている相手の氏名と住所、勤め先を教えてくれた。秋川和彦《あきかわかずひこ》、三十五歳。江上麻紀より十歳以上年上だ。職場の住所を聞いて驚いた。かの六本木ヒルズだ。

さっそく訪ねてみると、ビルに圧倒されそうだ。大島は、六本木ヒルズなどに縁はない。だが、さすがに優子はよく知っているようだ。ほとんど、優子に案内されるような形で、秋川のオフィスを訪ねた。何でも、ベンチャー企業のサポートを仕事としているらしい。

秋川和彦は、颯爽《さっそう》とした青年実業家だった。紺色の背広に臙脂《えんじ》のネクタイが若々しいイメージを強調している。

「すいません。十分しか時間が取れないのです。僕のことは麻紀からお聞きになったとか……」

秋川和彦は、申し訳なさそうに言った。

「吉田孝さんという方が殺されました。そのことで少々うかがいたいのです」

秋川和彦はうなずいた。

「テレビのニュースで見ました。残念です。彼はなかなかいいやつでした。麻紀といっしょに何度か飲みに行ったことがあります」

「三人で、ですか?」

「いや、ダブルデートですよ。彼がガールフレンドを連れてきて、四人で飲みました」

「それはいつのことです?」

「さあ、覚えていませんね」

「思い出していただけませんか。裏を取るのが私たちの仕事なので……」

「裏を取るのは無理でしょう」

「なぜです？」

「僕のオフィスを使いましたからね。会員制のクラブがあって、ケータリングを頼めるのです」

「そうですか。でも、日時だけでも思い出していただけませんか？」

秋川和彦は、背広のポケットから電子手帳のようなものを取り出した。それで過去のスケジュールを確認しているようだ。

「ええと……。一番最近だと、先月の二十四日ですね」

大島は湯島がメモを取っているのを確認した。

「その前は……？」

「その前になるとちょっと思い出せませんね」

まあ、それほど問題ではないだろう。大島はそう判断した。質問を切り上げようかと思った。そのとき、唐突に優子が秋川に質問した。

「吉田孝さんに、どんな印象をお持ちでしたか？」

秋川は、穏やかにこたえた。

「さっきも言いましたが、いいやつだと思っていました」

「どういう点が?」

「ああいう若者の生き方自体に興味がありますね」

「実業家のあなたが、仕事もせずにぶらぶらしている若者の生き方に興味があると……?」

「自分と反対だからこそ、興味があるんですよ。ニートは問題です。でも、何かの問題があれば、それがビジネスチャンスにもなります」

優子はうなずいた。

「貴重なお時間をいただいて、ありがとうございました」

彼女は、質問を終えた。


「なぜ、あんな質問をしたのです?」

六本木ヒルズを出て地下鉄の駅に向かいながら、大島は優子に尋ねた。

「ボーダーのグループが語る吉田孝の人物像と、江上麻紀・秋川和彦のカップルが語る吉田孝の人物像は、あまりに違いすぎます」

「受け取る者によって当然印象は変わってくるでしょう」

「あれほど極端に違うことは滅多にありません」

「どういうことです？」

大島はうなずいた。優子がようやく仕事らしい仕事を始めてくれた。

さきほど優子を責めたことが急に気恥ずかしくなってきた。

「あの……」

大島は優子に言った。「ご自宅に戻られて、猫の様子を見てきてはいかがですか？」

優子はびっくりした顔で大島を見た。

「いえ、仕事の途中ですから……」

「捜査本部に時間はあってないようなものです。私が谷検死官に説明しておきますから」

優子は逡巡《しゅんじゅん》していた。大島は言った。

「さあ、早く行ってください。私の気が変わらないうちに……」

「すみません」

優子は言った。「お言葉に甘えさせていただきます」

優子は自宅に向かった。

どうして彼女を帰らせようと思ったのか、大島は自分でもわからなかった。ひょっとしたら自分が故郷に飛んで帰りたいと思っているからかもしれない。

「僕も寮に帰りたいな……」

湯島が独り言のようにつぶやいた。

「ばかやろう。おまえの場合は自業自得だ」

大島は、捜査本部への帰路、優子が言ったことを考えていた。どちらかが嘘をついている。

どちらが嘘をついているかは、明らかに思えた。

4

捜査本部に戻ると、大島はすぐに優子のことを谷に報告した。谷はにっと笑って言った。

「おう、粋《いき》なはからいじゃねえか」

勝手なことをするなと、叱られる覚悟をしていたので、拍子抜けだった。

大島は、携帯を取り出しこっそりと自宅にかけてみた。妻が電話に出てほっとした。

「昼間に一度電話したんだ」

「買い物に出ていたのよ」

「それでどうなった？」

「それがよくわからないのよ。離れて暮らしている者には余計な心配はかけるなって、お母さんがお兄さんに言っているらしくって……」

「とにかく、今夜は捜査本部に泊まる。何かあったら知らせてくれ」

電話を切った。離れて暮らしている者には余計な心配をかけるな、だって？　それこそ余計な気づかいだ。なおさら心配になる。

だが、母親が兄に直接そんなことを言っているということは、重篤な症状ではないということだろう。そう思いたかった。

夜の十一時から、捜査会議が始まった。それぞれの班が、今日一日の成果を発表した。地取り班は、目撃情報を追って一日中歩き回ったが、現場を目撃した者や犯人らしい人物を見たという者を発見できなかった。

また、ボーダーたちが集まっていた建物について、商店街の人々がいかに不快に思っているかを報告した。なんだか、ボーダーたちが悪者にされてしまったような印象を受けた。

遺留品捜査の班は、現場に落ちていた『Gドライブ』の購入先を特定しようとしていたが、時間がかかりそうだった。凶器とおぼしき刃物が発見されたというのが、せめてもの朗報だった。サバイバルナイフだった。伊勢中商店街にあるコンビニの前のゴミ箱に捨てられていた。ナイフは鑑識に回されていた。

鑑取り班は、まず被害者の自宅を訪問した組が被害者の周辺情報を伝えた。交友関係については、大島が説明した。

ボーダーのグループから聞いた話をすると、捜査員たちの集中度が増すのが肌で感じられた。

地取り班にいる所轄署の捜査員が発言した。

「地元でもそのギャングらしい集団は目撃されています。被害者が属していたグループとそのギャングたちが対立していたというのは、充分に考えられます」

別の捜査員が挙手をした。やはり所轄の捜査員だ。

「現場に落ちていたCDは、ラップなんでしょう？　被害者のものではないという証言がありましたよね。つまり、犯人の遺留品である可能性が大きい。ラップって、ギャングたちが好んで聞くらしいじゃないですか。そのギャングの所在をつかむことが最優先だと思いますが……」

捜査員の多くはその言葉にうなずいた。

「あの、いいですか？」

大島は言った。「被害者がストーカー行為をしていたという証言は無視できないと思います。江上麻紀と秋川和彦をもう少し洗ってみたいんですが」

「いいだろう」

田端一課長は言った。「だが、そいつは本筋とは関係ない貧乏くじかもしれないぞ」

捜査会議が終わると、谷が大島に近づいてきた。

「おまえさん、何が気になっているんだい？」

大島は、優子が言ったことを説明した。谷はうなずいた。

「なるほどね……」

「ボーダーのグループは、吉田孝の仲間です。でも、よく覚えていないとか、面白味のないやつ、とかあまり印象がよくない。それは本音なんじゃないかと思います。彼らは、自分たちと吉田孝の関係を飾り立てて言う必要などない。一方、江上麻紀と秋川和彦のカップルは、吉田孝のことをいいやつだ、面白いやつだと褒めるわけです」

「つまり、おめえさん、嘘をついているのは、江上麻紀と秋川和彦のほうだと言いたいんだな？」

「その可能性が強いと感じるのです。確証はありません。たぶん、島崎心理調査官もそう感じているのではないかと思います。だから、急に秋川和彦に質問をされたのでしょう」

「やっぱり、おまえさん、おいらの見込んだとおりの人だね」

「は……」

「いやさ、お嬢を家に帰しただろう？　そういう気配りがさ……」

「猫のことが気になって仕事に身が入っていないご様子なので、実をいうと腹を立てて、失礼なことを申し上げたのです。それが気にかかっていたのかもしれません」

「おまえさんも、何かあったんだろう？」

大島は、はっとした。

「いえ、別に何も……」

「隠してもだめだぜ。おいらの眼をごまかせるとでも思ってんのかい」

そう言われると、言葉を濁すわけにもいかない。大島は話すことにした。

「母が倒れたという知らせが今朝あったんです」

「そいつはいけねえな。こんなところにいる場合じゃねえだろう」

「いえ、私は、捜査本部に来ることを選択したのです。倒れたといっても意識もあるようですし、たいしたことはないと思います」

谷は溜《た》め息をついた。

「おいらがさ、おまえさんを見込んだのは、おまえさんに老婆心があるからだ」

「老婆心……？　あの『老婆心ながら』の老婆心ですか？」

「ああ。普通はあまりいい意味では使われねえけどね、昔、ある禅宗のえらい坊さんの本で読んで、感心したことがある。道元《どうげん》禅師がよ、お弟子に『老婆心が足りない』って、よく叱ってなさったそうだ。老婆心ってのは、文字通り老婆のような気づかいよ。老婆が孫のことを思うように他人のことを思うことだ。おまえさん、そいつを忘れちゃならねえ。事件もさ、老婆心を忘れなければきっと本筋が見えてくるぜ」

「はあ……」

谷の言っていること自体が禅問答のようだと大島は思った。

翌日の朝早く、優子が捜査本部にやってきた。大島は顔を洗いに洗面所に行くところだった。

優子は大島の前で頭を下げた。

「おかげで、最期を見取ることができました。ありがとうございました」

大島は言った。

「そうですか……」

あのとき、優子に帰るようにすすめてよかったと思った。

「捜査のほうはどうなりました？」

彼女は悲しみを忘れて、気丈に仕事に集中しようとしている。そのけなげさに大島は少しだけ感動した。

「捜査本部の大方は、ボーダー・グループと対立していたギャングの容疑が濃いと思っているようですね。現場に落ちていたCDも、そのことを裏付けていると見られています」

「そのCDです」

優子は言った。「殺人の現場にCDが落ちているというのは、不自然じゃないですか？」

「現場には意外な遺留品があるものです」

「でも、そのCDはキャラクター性が強くて、なんだかわざとらしい気がします」

「キャラクター性？」

「そのものが持つ属性が強いのです。つまり、そのCDを見れば、誰でもヒップホップやボーダー、ギャングなんかを連想するでしょう？　そんなものが現場に落ちていたということ自体、作為を感じるのです」

「つまり、偽装工作……？」

「はい。そして、偽装をするということは殺人に計画性があったことを物語っています」

「遺留品捜査の班と協力して、CDを買ったのが誰か特定しましょう」

優子はうなずいた。そこに、鼻をぐずぐずいわせて湯島がやってきた。顔が赤らんでおり、眼がとろんとしている。明らかに熱がありそうだ。

「風邪が悪化したようだな」

大島は言った。「しょうがない。今日は一日寝ていろ」

「いえ、だいじょうぶです」

「こじらせたらたいへんだ。寮に帰って休め」

「すいません……」

大島は溜め息をついた。

「老婆心か……。俺も甘いよな……」

大島がつぶやくと、湯島が尋ねた。

「何か言いましたか?」

「いいから、早く帰れ」

捜査本部の方針は、ギャングたちの特定に大きく傾いていた。事件から二日目、事態は急展開した。大島と優子が江上麻紀と秋川和彦の顔写真を入手して、インディーズ・レーベルを扱っているCDショップを遺留品捜査の班と共に片っ端から回った。秋川和彦が『Gドライブ』のCDを買っていたことが判明したのだ。

秋川和彦に任意同行を求め、取り調べをした結果、彼は犯行を自白した。

ボーダー・グループの須賀昭雄が言っていたとおり、吉田孝は、江上麻紀にストーカーまがいの行為を繰り返していた。電話をしつこくかけたり待ち伏せしたりして、秋川和彦と別れて自分と付き合ってくれと強要していた。

秋川は、それをやめるようにと何度も吉田孝に抗議した。だが、いっこうに聞き入れようとしなかった。そして、ついに犯行を計画するに及んだ。

愚かな選択だと大島は思った。吉田孝に交際をあきらめさせる方法は、他にいくらでもあったはずだ。殺人などまったく割に合わない。だが、しばしば人間はもっとも愚かな選択をするものだ。だから、世の中から犯罪がなくならないのだ。

秋川は取り調べの担当官に向かって、こう言ったそうだ。

「あんな虫けらが、俺たちの周りをうろうろするだけで許せなかった」

それを聞いた大島は、腹も立たなかった。秋川の愚かさを哀れに思っただけだった。

江上麻紀も任意で引っ張り、取り調べを行った。彼女はすっかり動揺し、泣きながら秋川と口裏を合わせていたことを認めた。

ただ、江上麻紀の場合、殺人の教唆はしていないし、共犯も成立しない。実際にストーカー行為の被害者でもあったわけで、立件できるかどうかは検察官次第だが、難しそうだ。

ただ、これ以上秋川との付き合いを続けるのは無理だろう。さらに、世間の冷たい眼にさらされるのは必至だ。彼女は社会的に制裁を受けることになるのだ。

自白が取れた後も、捜査員には膨大な書類仕事が残されている。大島はそれを他の捜査員に任せて、長野に帰るつもりだった。

兄に連絡を取ってみようと、実家に電話した。

「はい、大島ですが……」

電話に出たのは母親だった。大島はびっくりした。

「なんだ、倒れたんじゃなかったのか？」

「誰？　圭介かい？」

「兄貴から連絡があったって女房が言っていた」

「まったく、あれは大げさだから……。余計な心配をかけるから知らせるなって言ったのに……」

「いったいどういうことだよ」

「ちょっと貧血を起こしただけだよ。救急車なんか呼ばれちゃって、恥ずかしいったらありゃしない」

「それで、もうだいじょうぶなのか?」

「ああ、ついでにいろいろ検査したけどね、特に異常はないんだよ。病院の先生もだいじょうぶだって言ってくれて。だから、こうして家に帰ってきたんだよ」

大島は、全身から力が抜けていくのを感じていた。

「本当に何でもないんだな?　これから帰ろうと思ってたんだけど……」

「冗談じゃないよ。帰ってくることなんてないよ」

「ちゃんと詳しいことを教えてくれないと、かえって心配するんだよ」

「離れて暮らしている家族っていうのは、しなくてもいい心配するじゃないか。だから、知らせるなって言ったのに……」

「とにかく、何でもなくてよかった。正月には、顔を出すつもりだから……」

「無理しなくていいよ」

電話が切れた。

谷が優子とともに大島のもとにやってきた。優子が言った。

「お母様の具合がお悪いそうですね。そうとは知らず、無神経なことを言いました」

「いえ、猫とはいえ、あなたにとっては家族同様だったのでしょう」

谷が言った。

「こっちはいいから、はやく帰《けえ》んな」

「いえ、それが……」

「何でえ？」

「今、母親と直接話をしました。ぴんぴんしているんです。なんかちょっとした貧血だったらしくて……」

「帰んなくてもいいのかい？」

「冗談じゃないと言われました」

「そうかい」

谷は言った。「本当は、帰ってきてほしいんだろうにな……。病気なんかすると、心細くなるからね。そいつは、本当の老婆心だよな」

谷が言ったことが、ようやく少しだけ理解できたような気がする。今回、特に所轄の捜査員たちは、以前から地元の苦情について知っていたので、ボーダーたちに先入観を抱いていた。

　ボーダーたちがそのうち何か事件を起こすかもしれない。商店街の住人たちのそういう噂が、捜査員たちの潜在意識に植え付けられてしまったのかもしれない。

　それを責めることはできない。ただ、誰かが、それに気づいてやらなければならない。そのためには、老婆のようなきめ細やかでおせっかいなくらいの気配りが必要なのかもしれない。

　谷が言った。

「大島の老婆心は、母親譲りかもしれねえな。ま、お嬢が警視庁にいる間、島島島トリオでよろしく頼むぜ」

　大島は驚いた。

「検死官が、研修の担当をなさっているんでしょう？」

「おいら、ちょっとばかり、気配りが足んなくてよ……。頼むから助《す》けてくんな」

　谷は笑いながら部屋の出口に向かった。

　大島は、その後ろ姿を見ながら、母親の老婆心を思っていた。

　近くにいればうっとうしい。だが、離れて暮らしていると、妙に心に染みるものだ。

正月には必ず帰ろう。大島は密《ひそ》かにそう決めていた。

飛鳥の拳

気がつくと時計の針は六時を回っていた。

夜中飲み通しだったコーヒーが胃の中を重くし、煙草のせいで咽《のど》に何か固まりがあるような不快感があった。

舌は乾いてザラザラしている。

最後の句読点を俺はゆっくりと打った。

今日渡さなければならない女性シンガーソングライターのインタビュー記事を、ようやく朝までかかって書き上げたのだ。

俺はレコード会社からもらったアーチスト写真をその原稿の上にのせてクリップでとめると、ふらふらと立ち上がり、そのままベッドに倒れ込んだ。

もう原稿を読み返す気も起きない。

五分でも十分でも多く睡眠時間を稼ごうと、俺はベッドにもぐり込んだ。原稿を書いていた時の興奮状態がまだ続いていた。死ぬほど眠いのだが神経がぴりぴりして安眠につけない。うとうととしては目を覚ましまたうとうとする。やがて苛々《いらいら》とした眠りの中にようやく自分を押し込めることができた。


「ちょうどいいところへ来た」

神保町《じんぼう》にある喫茶店〝プチ〟へやってきた俺に、そう声を掛ける男がいた。『月刊レコード・ファン』の編集者倉内《くらうち》だった。

彼はにたにたと笑っていた。俺はその意味ありげな笑いを無視するように原稿の入った茶封筒を渡して、椅子に腰を降ろした。

倉内の向かいの席には先客がいて、俺は、その男の隣りに腰掛ける形になった。

「初めてだろう。紹介しよう。ナガイ・ミュージック・オフィスの大久保《おおくぼ》君だ。ショウ・アンド・クラッシュのマネージャーさんだ」

倉内は俺にそう言ってから、その大久保という男の方を向いた。

「ライターの里村《さとむら》君だ。うちの新人紹介欄や、新譜のコーナーは、主に彼に書いてもらっている」

「よろしく」

大久保というマネージャーは、愛想よく会釈してきた。

「どうも」と俺も笑顔を作ってそれに応《こた》えた。

ショウ・アンド・クラッシュというのは、エネルギッシュなパワーが売り物の新人ロック・バンドだ。リーダーが、滝沢昇《たきざわしょう》という名であるところから、show とひっかけてグループ名を付けたという話だ。

滝沢昇というのは、やたらに迫力があり、その迫力だけは認めるが、バンド自体はそれほどうまくない。俺自身の好みから言わせてもらえば、あまり好きな類《たぐい》のグループではなかった。

だが、どういう訳か、編集者の倉内はこの新人ロック・バンドにえらく乗り気だった。

どうやらこの様子だと、来月あたりの号でショウ・アンド・クラッシュのために、かなり大きなスペースをさくようだ。そして、その記事の取材をするのが、この俺という訳だ。

いくら好きなバンドじゃないといっても、編集者が企画の決定をした以上は、前向きの記事を書かなければならない。それが俺の仕事だ。

「おまえとショウなら、話が合うと思うよ」

パーマをかけた長い髪をかき上げて倉内が言った。

このやり手の音楽編集者は、もう四十に手が届こうとしているのに、三十歳になったばかりの俺よりも派手な恰好《かっこう》をしている。

もっとも、音楽業界に関わりのある人間の年齢を正確に言い当てることのできる人がいたら、俺はお目にかかりたい。そのくらい、この業界は年齢不詳の人々で構成されている。

少し色の入った眼鏡を掛けたマネージャーの大久保が、俺の方を見て頷《うなず》いた。どうして頷いたのか俺には判らなかった。多分、本人にも判っていないのではないだろうか。

「どうして俺とショウが気が合うのですか」

俺は、何気なく倉内に尋ねた。倉内は待ってましたとばかりに、にやりと笑って言った。

「ゆっくりと説明してやる」

「あんまりゆっくりとした説明は有難くないなあ。ゆうべは、その原稿を上げるので、ほとんど徹夜だったんですよ」

「徹夜が珍しくて、この商売をやってられるか。まあ、そうあせらずに聞け」

倉内が言った。俺は本当に目の奥がずきずきとし、充血した目の血管が瞬《まばた》きをするたびに、まぶたにひっかかるような不快感を感じていたのだ。

俺は、注文したコーヒーをブラックのままで口の中に注ぎ込み、少しでも頭をはっきりさせようとした。

「今、大久保ちゃんと話してね、ショウとクラッシュを、ちょっと大きめの記事で扱おうということになったんだ」

俺は、煙草に火を点《つ》けてから背もたれに身をあずけて話を聞いた。

「……で、どういう扱いをするかという話になった。ただのインタビュー記事じゃ、新人だから半ページだって埋めることはできない」

「単なるプロフィールは、各誌出尽くしているし、コンサート取材も月並みだ、という訳ですね」

話の展開を早めるために俺は言った。口をきいている自分が、どこか薄膜の向こうにいるみたいだった。

「その通りだ。で、何とかあのパワーの秘密にアプローチする方法はないかと考えたんだ」

「パワーに秘密などあるんですか」

「それらしく聞こえりゃそれでいいだろう」

「実は、ショウは空手の黒帯を持っているんです」

大久保が嬉《うれ》しそうに言った。

「それでいこうということになったんだ」

「道場で稽古《けいこ》しているところでも取材するんですか。それだって、手間暇の割にはたいしたスペースは埋まりゃしませんよ」

いつの間にか、俺は背もたれから背を離し、身を乗り出していた。

「面白い話を仕入れたんだ。『拳《けん》』の関根《せきね》に電話してみたら、向こうでちょうどいい取材の企画があった」

『拳』というのは、倉内の出版社で出している隔月刊の空手・拳法《けんぽう》のスポーツ誌だ。

関根というのは倉内と同期入社の『拳』の記者だ。

「関根は、なんでも伝承者が数えるほどしかいなくなっている日本古来の拳法を取材に行くということだ。それに便乗しようということになったんだ」

「そいつは面白そうだ。ショウの新しい一面が見られそうだ。他の雑誌ではどこもやってない」

俺は頷きながら言った。

「おまえ確か空手をやっていたといったな。ショウと気が合うと言ったのはそういう訳だ」

「空手じゃありません。少林寺拳法《しょうりんじ》です」

「似たようなものだ」

俺は苦笑した。ここで空手と少林寺拳法の違いを力説したところで始まらない。部外者から見れば、どちらも同じ殴り合いに見えるのだろうから。

本当は、拳《こぶし》の出し方ひとつ取っても、その筋肉の使い方から、なぜ拳を使用するかという思想に至るまでが異なっているのだ。

「『拳』の方もショウが取材に参加するというのはおいしい話だろう。後で関根と打ち合わせをしておいてくれ」

そう言いながら倉内は、先程俺が渡した茶封筒から俺の原稿を取り出して目を通し始めた。

マイルド・セブンをくわえ目を細めて火を点けながら、倉内は猛烈な速さで原稿を読み上げた。

「いい出来だ」彼は言った。

「今度もこの調子でたのむ」

俺は、睡眠不足も忘れ、血が熱くなってくるのを感じた。

「さっそく関根さんのところへ行ってみましょう。その日本古来の拳法というのも面白そうな話だ」

「ああ、詳しくは彼から聞いてくれ」

「じゃあ、僕も一緒に行って日取りの確認を……」

マネージャーの大久保が言った。

倉内は頷いてから煙草をもみ消すと、伝票を持って立ち上がった。

打ち合わせを終わらせると俺は銀行へ行って『月刊ミュージック・シティ』から振り込まれていた原稿料をそっくりおろしてポケットにねじ込んだ。

そのまま隣りにあった喫茶店に入り俺はサンドイッチとサラダで腹ごしらえをした。食っていないと、この生活ではすぐに顎《あご》を出してしまう。

食事の間も、俺はスケジュール帳を取り出してぎっしりと書き込まれている取材やインタビューと、その締切の予定に目を通していた。

何度見ても同じなのだが、常にスケジュールを確認していないと不安なのだ。現代の都会で生活している人々がほとんどそうであるように、俺もこのスケジュール帳を失《な》くしたら、精神的にパニック状態に陥ってしまうだろう。

時計を見ると五時を回っていた。一般企業のOLたちはそろそろ帰り仕度を始める時刻だ。俺は電話帳を持ってピンク電話に向かった。

今夜付き合ってくれそうな女の子に片っ端から電話を掛けるのだ。無節操だと言われるかもしれないが、今の俺にはこんな付き合い方しかできない。一人の女の子に忠誠を尽くすほどの時間の自由も精神的余裕もないのだ。それでも俺は「仕事に生きる現代人」を自ら演出しているような気分で満足していた。

勿論《もちろん》、電話帳に並んでいる女の子の中にも優先度は決められている。俺にだって、まだ惚《ほ》れるという感情の動きは残されているのだから。

うまい具合に、美智子《みちこ》という最優先ランクの女の子がつかまった。俺は美智子と六本木のスナックで待ち合わせの約束をして電話を切った。

美智子と落ち合うとそのまま俺たちはその店を出て、レストランで腹ごしらえをしてから一杯やりにまた店を移った。

ホテルへ入った時、美智子は少しばかり恨めしそうに「せっかちね」と言った。

俺は気にも止めなかった。これが俺のやり方だと思っていた。

「俺には時間がないんだ」俺は言った。

確かに俺に許された自由時間は限られていた。今夜これから書かなければならない原稿まであるという有様だ。

俺はこういう生活が充実した生活だと思っていた。自分の生活が充実しているのかしていないのかなどと疑う余裕はなかった。余計な悩みをかかえ込んでいる暇もなかった。

明かりを消した部屋のベッドの中で俺の下になっていた美智子はもう一度かすれた声で言った。

「せっかちね」


「日本古来の拳法ってな、いったいどんなんだ」

俺は、京都へ向かう新幹線ひかりの中で、『拳』の記者関根に尋ねた。

俺と関根の他に、いつも俺と組んで仕事をするカメラマンの市原《いちはら》が一緒だった。滝沢昇とマネージャーは、後日我々と合流し一日だけ取材に当てることになっていた。たった一日とはいえ、ただの取材のために丸一日ショウのスケジュールを割くなどというのは破格の扱いだった。倉内がよほどしつこくマネージャーを焚《た》き付けたらしい。

俺はショウの取材の段取りを考えるために、先行隊の『拳』の関根と市原に同行したのだ。市原は俺が指名したのだが、今回は『拳』と『月刊レコード・ファン』との兼用のカメラマンということになる。

さきほどの俺の問いに答えて関根が言った。

「なんでも、その源流は古代にまでさかのぼるらしい」

俺は、予備知識を仕入れる時間もなかったので、何とか多くのことを関根から聞いておこうとした。

「そっちの方の知識はからきしなんだが、古代といっても、いつの頃のことなんだ」

「五、六世紀頃の話だ。なんでも、この拳法は蘇我《そが》氏に伝わっていた拳法だということだ」

俺はそれほどの関心もなく尋ねた。

「蘇我氏って……確か飛鳥《あすか》時代の豪族のひとつだな」

「そう。大陸からの渡来人を飛鳥の地に集めて、飛鳥文化と呼ばれるエキゾチックな一大文化を創り上げた張本人の一族だ」

「よく知ってるね」

俺はそう言ったものの、自分に関心のないことをいくら相手が知っていても別に尊敬する気にもなれない。その言葉も自然、どうでもいいような響きを持っていたに違いない。

関根はそれを気にも留めずに言った。

「にわか仕込みさ、俺だって。蘇我氏の拳法《けんぽう》となりゃ、多少はその歴史的な背景も調べておかなけりゃな」

「そっちは、おたくに任せるよ。俺は、いかに、ショウの奴を描き上げるか、そいつが一番の仕事だ」

「判ってるさ」関根は煙草を前歯で嚙《か》んだまま歯をむき出して笑って見せた。

「だが、おまえだって少林寺拳法をかじったことがあるんだろう。まんざら関心がない訳じゃないだろう」

「まあね」

俺は答えたが、俺の少林寺拳法なんていい加減なものだ。香港の拳法スターの映画が大ヒットして、空手・拳法の一大ブームが巻き起こった時に、それに乗って大学の愛好会に顔を出していた程度なのだ。

確かに、当時はそれなりに関心を持ち熱心に練習をした時期もあったが、俺の良い癖か悪い癖か、熱はあっという間に冷め、今の関心事はいかにいい仕事をして名を売るかということに絞られていた。

「もうじき京都だな」関根が言った。

「京都から奈良線で奈良まで行く。奈良からは桜井線と関西本線に分かれるが、俺たちは関西本線に乗り替えて、柏原《かしはら》市まで行く。そこからは、近鉄に乗り替えるんだ」

「ちょっと待て、俺たちが行くのは明日香《あすか》だと言わなかったか」

カメラマンの市原が言った。

「そうだ飛鳥だ」

「明日香村なら、奈良から関西本線じゃなく桜井線だろう。桜井線で桜井まで行く筈《はず》だ」

「そうか、言ってなかったな。俺たちが行く飛鳥は明日香村じゃないほうの飛鳥だ。大和の飛鳥とは別に、河内平野《かわちへいや》に飛鳥という土地があり、ここに展開されたのが応神《おうじん》天皇に始まる王朝だ。こちらの飛鳥が蘇我氏の古くからのゆかりの地だということだ」

○月○日　晴天

ひかり七七号で十二時十三分京都着。

京都で途中下車し軽食を摂《と》る。

京都発十四時三十五分の各駅停車で奈良へ向かう。こんもりとした山並が、紅葉で美しい。

十五時四十四分奈良着。関西本線に乗り替え。

奈良発十六時二十一分。三十七分の待ち合わせ。柏原着十六時四十八分。近鉄南大阪線に乗り替えて上《かみ》ノ太子《たいし》駅に到着。このあたりが河内飛鳥とのこと。

俺はメモを書き終えて、案内された部屋の中を改めて見回した。どうといって不思議な造りではないが、なぜか時代の外へ放り出されたような気分にさせる部屋だった。典型的な和室の八畳間で、鴨居や柱がいい色にくすんでいる。長い時間に磨かれた色だ。その中で障子だけが純白に浮かび上がっている。

床の間には、三日月に舟をこぐ水墨画が掛かっており、それに合わせたように、薄《すすき》が簡素に活《い》けてあった。その掛け軸も枯れた色合いに変色している。

障子の隙間からは、色とりどりに紅葉した二上山《ふたかみやま》や、なだらかな河内平野が見えていた。

俺はなんだか、とてつもなく遠い世界へやって来たような気がしていた。

上ノ太子の駅前から電話をし、例の蘇我氏に伝わったと言われている拳法をひっそりと守り伝えているという某寺の住職、藤枝宗忠《ふじえだむねただ》氏に案内を乞《こ》うたところ、使いの人が車で我々を迎えに来てくれ、二上山山中にある小さな寺院までやって来たのだ。

新幹線を降りて以来、俺は正体不明の感情につきまとわれていた。その感情がこの部屋にいると次第に強まっていくのが判った。

最初それは不安というか焦りというか、じっとしていられないような気持ちから始まった。周囲の情景があまりにのどかに俺の眼に映ったためだった。

俺がこうしている間にも、俺の生活圏である東京では、いろいろなことが起こっているのではないかという焦りだった。

次にやって来たのはその生活へ再び戻らねばならないという半ばうんざりした気分だった。

そして、この感情がやって来た。どう説明していいか俺にもよく判らないが、旅に付き物のセンチメンタリズムだけでないことは確かだった。

だいいち俺は仕事をしに来ているのだ。そんなセンチメンタルな気分になる精神的余裕など作っていない筈だった。

それは後悔に似ていた。そして安堵《あんど》感にも似ていた。とにかく呼びようのない感情だった。

外出していた住職が帰ってきたというので、一同は、藤枝氏のところへ挨拶《あいさつ》に行くことにした。

藤枝宗忠は、柔和な顔をした背の低い六十歳前後のお坊さんだった。墨染めの衣がしっくりとよく似合っている。頭は見事に刈ってあって、眼に笑いを絶やさない。

「遠いところをわざわざ、ご苦労さんでございます」

柔らかい関西訛《なま》りで藤枝宗忠は言った。三人はその言葉の持つニュアンスの優しさに呑《の》まれてしまった。

俺の心に広がりつつある例の不思議な感情が、その住職に面と向かって一層膨れ上がったようだった。

「お疲れでございましょうから、今夜のところはゆっくりとお休み下さい。〝宿禰《すくね》角《かく》〟の技をお見せするのは明日《あした》でも遅いことおまへんやろ」

「蘇我氏の拳法とやらがその〝宿禰角〟というやつですか」

関根が尋ねた。

「そうです」

「面白い名前ですね。何とか流拳法とか、柔術とかいう呼び方はしない訳ですね」

「はい。多くの素手による格闘技は近世、あるいは近代になって体系付けられ、あるいは創始されました。それは日本では剣による戦いが形式化、儀式化される過程で多く生まれました。荒木流《あらきりゅう》拳法然《しか》り、揚心流《ようしんりゅう》を始めとする各派の柔術然りでございます。しかし、二つだけ、この日本に古代から伝わる素手の格闘術がございました。ひとつは沖縄の〝手〟と呼ばれる格闘術。これは唐手伝来以前から沖縄にあったと言われております。そしてもうひとつは角力《かくりき》、つまり相撲ですな」

頷《うなず》きながら聞いていた関根が言った。

「角力《すもう》にはもともと拳《けん》による突き技や蹴《け》り技もあったということは知っています。角力はもともと北方ツングース系遊牧民の格闘技の捽角《そつかく》、角抵《かくてい》が原型になったと言われていますね。野見宿禰《のみのすくね》が当麻蹶速《たいまのけはや》と垂仁《すいにん》天皇の命によって戦った時、その二人が使った技は遊牧民の角抵だったらしいという話ですね」

「さすがによくお勉強なさっておられますな。野見宿禰は埴輪《はにわ》の創始者としても有名で土師《はじ》の祖とも言われています。ちょうど二人が戦ったのもこのあたりのどこかではないかと思います。今でもこのあたりに当麻とか土師の里という地名が残っております。〝宿禰角〟もそういう格闘技の流れをくむものではないかと私は考えております」

「なるほど」

関根一人がやたらに納得していた。

「つまり、相撲の原型がそのままの形で今日まで伝えられているというのか」

俺は言った。言ってから、気が遠くなるような思いだった。当麻蹴速とか野見宿禰などというのは確か紀元前後の人間の筈だ。とすれば、蘇我氏の拳法《けんぽう》どころか、この〝宿禰角〟と呼ばれる技は、二千年もの歴史を生き抜いてきたことになる。

「そのまま残っている訳ではございまへん。蘇我の一族のオフィシャルな格闘技として、かなり儀式化されたところもございます。まあ、その辺のことは明日ゆっくりと……」

そう言うと藤枝宗忠は隣りの部屋に声を掛けた。

静かにふすまが開くと和服姿の若い女性が姿を現した。俺はびっくりした。とにかくこの状況で若い女が突然登場したことで不意を突かれた感じになったのだ。

しかも、それが溶けてしまいそうなくらい色が白く、長い髪を軽く束ねた美人だった。

「私の末娘の絹子《きぬこ》です。宿禰角の数少ない継承者の一人でもあります」

藤枝宗忠は我々にそう紹介した。見たところ、二十三、四だが、あるいは五を越えているかもしれなかった。目付きにしっとりとした落ち着きがあった。

「絹子。三人をお部屋に案内してさしあげなさい」

正坐《せいざ》したまま頷くと彼女は衣《きぬ》ずれの音を立てて立ち上がった。

俺は絹子嬢の後に付いて行きながら尋ねた。

「あの……まだ独身でいらっしゃいますか」

「は……」と彼女は一瞬目を丸くしたが、俺の顔を見て「ええ、まだ一人でおります」と答えた。

「電話番号を教えてくれませんか」

つい、いつもの癖でそう言ってしまってから、自分の愚かさに赤面してしまった。

「電話番号なら俺が知ってるよ」

関根がにやにやしながら言った。

彼女は柔らかくほほえんだだけだった。

部屋には三人分の布団がもう延べられていた。俺は部屋のしんとした空気に触れつつ、例の奇妙な感情が湧いてきたひとつの原因に気付いた。

ほぼ四六時中身の回りで鳴り続けている音楽が、今は全くないことだった。

都会生活では常に何か刺激を受け、心理的にテンションの高い状態にあるようだ。その証拠に今、心がこんなに落ち着いている。

商売のためとはいえ、一日中音楽を聴きまくらねばならない生活というのは、精神や人格に異常をきたす第一歩なのではないか、と一瞬本気で俺は思った。

「ごゆっくりお休みください」

絹子嬢がそう言って闇の中に消えて行った。彼女の存在が、俺の心の安堵感を助長しているようだ。

「いい女だねえ」

カメラマンの市原が言った。

「いい女だ」

関根も言った。

俺は東京にいるガールフレンドたちと彼女を心の中で比べてみて少しばかりうんざりとした気分になった。

どうしてそんな気分になったのか自分でも判らなかった。決して東京のガールフレンドたちが彼女に比べて格段に劣っているという訳ではない。ただ、ガールフレンドたちのイメージにまつわり付くように都会の雑然とした諸々《もろもろ》のものが、一瞬俺の心になだれ込んできたためだったかもしれない。

俺はさっさと服を脱ぎ布団にもぐり込んだ。

「おい、もう寝ちまうのか」

関根がバッグの中からウイスキーの小びんを取り出しながら言った。

「ああ、ちょっとばかり疲れたんでな」

俺は言った。ここへ来てからの心理状態に整理を付けられぬまま、俺は寝酒をくみ交わし始めた関根と市原に背を向けて目を閉じた。

○月△日　晴天

五時、読経の声で目を覚ます。朝の勤行らしい。前日は深夜まで寝付けず寝不足気味。

六時。宿禰角の基本稽古《げいこ》。約一時間。基本動作は儀式化されており、太極拳《たいきょくけん》を思わせるゆっくりとした動作が多い。

とにかく、五時に起きるなどというのは、普段の生活では考えられない。まだゴルフに興じる年でもないので生活のパターンの中にこんなに早起きをすることなど全く含まれていないのだ。

もっとも五時まで起きている、ということならば珍しくはないのだが、これは全く別のことだというのがよく判る。

なにせ、FMラジオから流れる音楽の代わりに、鳥と読経の声で目を覚ましたのだ。

俺は目覚めた時、まだ夢を見ているのではないかと疑った。

寺男が、宿禰角《すくねのかく》の練習が始まると告げに来て、俺たちは慌てて身づくろいをして境内の庭へ飛び出した。

簡素な白装束に、細い袴《はかま》という独特の道衣を身に着けた宗忠和尚がにこやかに立っていた。

絹子嬢も同じスタイルで宗忠和尚の隣りに立っている。他に、若い僧らしい人が二人いるだけだ。これが、宿禰角の伝承者のすべてなのだ。

カメラマンの市原が、カメラバッグを下ろし、手早くカメラをセットした。

にわかに和尚の顔が厳しくなる。

「はっ」と和尚が鋭く声を掛けると、四人が一斉にゆっくりと歩を進め始めた。

中国拳法の拳套《けんとう》、つまり型の初めに行なう開門式のように、練習を始める儀式なのだろう。

二歩進んでは三歩退《さ》がり、百八十度後ろを向いてまた同じく足を運んでから、正面を向く。

大きく礼をしてからゆっくりと地に半円を描きながら歩を進める。時折、膝《ひざ》を高く上げるのは蹴《け》りの名残りだろうか。

基本動作は足運びが中心で手はその足の動きに付いて柔らかい動きをしている。全体に武道に感じられるような気迫はなく、舞いを見ているような優雅さが感じられた。

その動きを見ているうちに、俺は催眠術にでもかかったような気分になってきた。大きな時の流れがそのまま目の前で動いているような気分だった。

気合いは終始ひとつもなかった。呼吸も至って静かだ。この境内であわただしいのは、ただひとつ、市原のシャッターの音だけだった。

動きはゆっくりだが、かなり体力を使うらしく、絹子嬢の頬が上気してピンク色になっていた。

俺はまるで少年のようにそれを見て胸をときめかしている自分に気付いて驚いた。

確かに俺はこの飛鳥の里に来てから精神的に変調をきたしていた。全くいつもの俺らしくないのだ。

四十分ほどで基本動作の稽古を終えた。宗忠和尚の話だと、日が昇る時間と日が沈む時間とでは、行なう練習を区別しなければならないということだった。

また夕食前に、今度は少しばかり時間をかけた練習を行なうということだ。

俺たちは、和尚の奥さんが用意してくれた朝食を食べに広間へ上がった。

関根は熱心に取材をし、そもそもこの寺で宿禰角を継ぐきっかけになったという数冊の古文書を見せてもらいに土蔵へ行ったりしていた。

俺は俺で滝沢昇とマネージャーの大久保を迎えに、寺の人に上ノ太子の駅まで車を出してもらったりしていた。

「奴らに会えば、またいつものペースに戻るさ」

俺は心の中でそう呟《つぶや》いてみた。

ところが何とも奇妙なことに、上ノ太子の駅前で会った二人が、俺の目には別世界の人間に見えた。

いや、それは言い過ぎだが、寝不足で目を赤くし、荒れてガサガサした肌の二人が、胡散《うさん》臭げに立っているのを見て俺は嫌悪感に近いものを感じてしまったのだ。俺はその感情に、自分で戸惑っていた。

「どうも」

車から降りた俺を見つけて大久保が愛想笑いを作って声を掛けてきた。

「わざわざ遠いところまで御苦労様です」

俺は言った。ツーカーの意気を重んじる我々の世界では、まどろっこしい挨拶《あいさつ》だった。俺は滅多にこういう挨拶はしない。だが、口を突いて自然に出て来たのだ。

さっそく我々は寺に向かい、昼食を摂《と》った。滝沢昇は、その昼食を半分ほど残してしまった。疲れて食欲がないと言うのだ。

「お口に合いませんか」和尚の奥さんが声を掛けた。俺はその言葉のなつかしい響きに少しばかり感動していた。もう忘れかけていた心づかいだった。

「無理してでも食っておいた方がいい」

俺は言った。

「取材の間にぶっ倒れちゃ大変だ」

「そんなにヤワじゃないスよ」

滝沢昇は太々《ふてぶて》しく笑って見せた。

昼食が終わって一休みし、俺は滝沢昇に、一般的なインタビューを三十分ばかりした。

庭の方では、そろそろ演武が始まるようだった。

十三時三十分、滝沢昇、大久保氏着。

十五時、演武開始。

境内から、二上山のこんもりした森を背に、なだらかな起伏を持つ河内平野が見えている。

十五時三十分。滝沢昇取材のため参加。

滝沢昇は空手の道衣に黒帯。なかなか様になっている。

二人の若い僧による対打（組手）演武。終始動きはゆっくりとし、儀式化されている。

俺は『月刊レコード・ファン』のために、和尚に頼んで、昇が宿禰角の基本技の教えを受けているところを写真に撮らせた。

空手の組手のような派手な攻防があれば、いい写真になるのだが、この分ではあまり期待できそうにない。

宿禰角の威力はどの程度のものかは判らないが、多分武術というより形式化された儀式なのではないかという気が俺にはした。貴族の遊びで蹴鞠《けまり》というのが伝えられているが、あれだってもともとは、大陸系の拳法《けんぽう》の足技が祖だという話だ。

「宿禰角というのは実戦では役に立つのですか」

多少失礼な訊《き》き方になったが、俺は素直な疑問を和尚にぶつけた。

「勿論《もちろん》です。ひょっとすると、現在日本にある古武術のどれよりも実戦的かもしれません」

その答は意外だった。月刊『拳』の関根も半信半疑の顔をしている。

彼は仕事上多くの拳法を見てきている筈《はず》だ。当然実戦で役に立つ武術とそうでない武術を多く目にしてきている。その経験から彼も、この宿禰角はそれほど実戦的ではないと踏んでいたのだろう。

「本当だろうか」

俺は関根にそっと言った。

「どうかな。自分の流派が最強だと言うのは、誰でも言う言葉だ」

関根もそう耳打ちしてきた。

「あまり信じていただけない様子でございますな」

宗忠和尚がにこやかに言った。

「そりゃそうです」

滝沢昇が突然言った。

「確かにこの基本動作は全身の筋肉をくまなく使い、かなりの体力も必要とするものだ。だけど、俺が見た限りじゃ太極拳《たいきょくけん》と同じで体操の役割しか果たさないんじゃないのか」

若い僧たちが冷やかな目でそう言う滝沢昇を眺めていた。

昇は、ついた勢いが止まらなくなったようにしゃべり続けた。

「こんなゆっくりした動きじゃ反射神経を養うこともできない。おそらく空手の黒帯クラスには及ばないんじゃないのかな」

俺は、和尚を見た。普段の俺ならこういう状況を面白がって火に油を注ぐような言動を見せたりしたものだが、今は、なぜか和尚の切り返しを期待していた。しかも切実に、だ。

「たいした自信だ。それならば私が相手をしてみよう」

若い僧の一人が言った。

「これこれ、待ちなさい」和尚がそれをたしなめた。

「芝居じみてるね」

カメラマンの市原が俺に耳打ちしたが、俺はそんなことはどうでもよかった。例の不思議な感情の昂《たか》ぶりを感じ、宿禰角《すくねのかく》が絶対に敗けてはならないと思っていた。

「自分の学んでおられる術を一番と信じはるのはよいことでございます。ただ、それだけでは、せっかく東京からいらして下さった方々は納得してくれはらんやろ。一度だけ、貴方《あなた》の空手と試合をしてみましょう」

カメラマンの市原はさっそくカメラの準備を始めた。

「どうする」

俺はマネージャーの大久保に尋ねた。

「怪我でもされるとまずいなあ」

彼は渋い顔をして言った。

「俺はやるぜ」

滝沢昇は体中の関節をほぐしにかかりながら言った。

「鍛えてあるんだ、怪我などするもんか」

「勿論、こちらも危険な技は避けて使うことにします。じゃあ、絹子、お相手しなさい」

「冗談じゃない」

和尚の言葉を聞いて滝沢昇は言った。

「女の相手ができるか。空手の道場だって滅多に男女の組手はやらないんだ」

「それは絹子を倒してからおっしゃってはいかがかな」

絹子嬢が歩み出てきた。

俺は、怒りとも嫉妬《しっと》とも心配ともつかぬものを感じた。思わず声を出しかけて、俺は唖然《あぜん》とした。プレイボーイを自認していた俺が、心底彼女のことを心配しているのだ。

白装束の彼女は、まぶしいほど美しく見えた。気迫がみなぎっているせいだろう。

「御遠慮なく」

彼女は言って礼をした。

滝沢昇も複雑な表情をして礼をした。当然だろう。遠慮なく、と言われてもどうしても相手が女だと全力を出せるものではない。たとえ彼女が昇にかなわなかったとしても、女だからという言い訳ができるのだ。

なかなか宗忠和尚は策略家だ、と俺は心の中でにやりと笑ってみた。

「始め」

和尚が声を掛けた。いよいよ、空手対宿禰角の他流試合が始まった。こんな試合を目撃できるのは俺たちだけだろう。

滝沢昇は、左手を開いて顔面をカバーするように前に突き出し、右手をボディのカバーと攻撃の準備のために胸のあたりに置いた。足は後屈立ちに近い形で、はすに構えている。

絹子嬢の方は両手を軽く前に出し、左足を前に、空手で言う猫足立ちのような構えを取っていた。

滝沢昇は攻めあぐねていた。どうしようか迷っているのだ。

そこへ絹子嬢が飛び込んだ。

左手を開いたまま鋭く突き出す。ちょうど、空手で言う掌底攻撃か相撲のはり手のような突きだが、宿禰角の基本動作からは想像もできないスピードで、まるでバネが跳ねたような勢いだった。

絹子嬢にその突きで胸を一撃されて、滝沢昇は、驚いたことにあっけなく大地にひっくり返った。

空手の構えというのは意外にしっかりしたもので、突いたり押したりしたくらいでひっくり返るなどというのはまずない筈だった。

「ゆ、油断した」

そううめき声を上げると滝沢昇は慌てて立ち上がった。

その立ち上がりざまの足を、絹子嬢の足が大きく払った。大地に円を描く、宿禰角の基本動作にもあった足さばきだが、これも素晴らしいスピードだった。

体勢を整える間もなく、滝沢昇はまた大地にひっくり返った。

一瞬彼は信じられない、という顔で空を見上げていたが、次の瞬間勢いよく立ち上がった。顔面が少し赤らんでいる。どうやら本気になったようだ。

鋭い気合いとともに、滝沢昇は左の回し蹴《げ》りを放った。続いて右回し蹴り、左の後ろ回し蹴りと続く見事な連続攻撃だった。

危ない。俺は心の中で叫んだ。あのスピードとパワーだったら、俺だってやられていたかもしれない。

だが彼女は、その蹴りをぎりぎりのところでかわしていた。いわゆる見切りだった。

続いて彼が左上段右中段を連続して突いてきたところを、絹子嬢は押さえるような手で受け流した。ただそれだけに見えた。

ところが、昇は腕を押さえて悲鳴を上げると、大きくのけぞった。

その隙に、彼女は軽く蹴りを左右左と三発、放っていた。その蹴りは空手のように洗練されてはいなかったが、いかに足の動きが多彩かをよく示していた。蹴鞠の足使いのように、足を自由に繰り出したのだ。

昇はまた大地に倒れた。そこへ彼女が飛び込んで、すかさず極《き》めの突きを打ち込む振りをした。

「それまで」

宗忠和尚が声を掛けた。

マネージャーが慌てて昇に駆け寄った。こっちを向いて彼は言った。

「こんな無茶な取材があるか。怪我をしてたらあんたに責任を取ってもらうからな」

これが愛想笑いの向こうにある正体だった。俺はそんなことはもうどうでもよかった。感動していたのだ。宿禰角の強さ、不可思議さ、そして絹子嬢の美しさ。

彼女は微笑すると言った。

「大丈夫。ちょっと腕がしびれているだけ。どこも怪我などしていない筈《はず》よ」

「お判りいただけましたかな」

宗忠和尚が関根に向かって言った。

「宿禰角の特徴は大きく言って二つあります。ひとつは、相手の力の虚を突くこと。どんなに力を入れていても、その力が虚になる部分が必ずあります。絹子が一番最初に用いた技はまさにそれです。頑丈に建てられた家も、大黒柱一本抜くことで簡単に倒すことができます。大きな石も、目を読むことで簡単に砕くことができます。それと同じことです」

つまり絹子嬢は昇の構えの中に力学的な盲点を発見し、そこを突いたということだ。

これは考えられないことではない。柔道や空手の足払いも根本的には同じことだ。

「もうひとつは、基本稽古《げいこ》のスピードです。あれは、バネが力を蓄えるように、瞬発力を蓄積するための訓練なのです」

関根は大きく頷《うなず》いていた。

「俺にも試させて下さい」

俺は言った。この身体で、二千年の歴史を経てきた拳法《けんぽう》をどうしても試してみたくなった。

「許して下さい」絹子嬢が微笑しながら言った。

「これ以上他流試合を続けると、蘇我一族の怒りに触れそうです」

それがジョークであることに気付くのに、俺にはしばらく時間が必要だった。

「はあ……」俺は力なく言った。

「また、あなたがここをお訪ねになられた時、お相手することにしましょう」

彼女は静かに言った。暗に、再会してくれと言っているのだ。だが俺らしくもなく、粋《いき》な言葉を返そうとするのも忘れていた。

「稽古はこれまでとします」

和尚はそう言うと、本堂の方へ去って行った。三人の白装束もそれに続いた。

「こんな取材は二度とお断わりだ」

マネージャーの大久保が言った。

「そんなこたあねえよ。最高じゃないか」

滝沢昇は言った。俺は驚いて彼を見た。

「久し振りに血が熱くなったよ。一日で帰るのはもったいないくらいだ。なあ」

彼は俺に言った。俺は笑いながら頷いた。この時、初めて俺は、ショウについていい記事が書けそうだと思った。

今や例の感情は俺の中で幸福感と呼んでいいものに姿を変えていた。もう俺はスケジュール帳を失《な》くしても慌てふためくような生活とは無縁のところにいる気がして、思わず振り返って日の落ちかかった河内平野の柔らかな起伏を眺めた。


その夜、宗忠和尚たちは、別れの宴《うたげ》を一席設けてくれた。その席が、俺にはどんな高級クラブでのパーティーより華やいで見えた。

「また近いうちにきっと来ます」

俺はそこで絹子嬢にそっと言った。彼女は黙って頷いた。

どんな女を口説き落とした時にも感じられなかった幸福感を俺はその時感じた。

他の四人は俺ほど楽しそうではなかった。例の不思議な感情は俺だけにやって来たようだった。

何だったのだろう。俺は考えた。考えても判る筈もなかった。

宴はやがてお開きになり、俺たちは廊下を通って寝室へと移った。その時、廊下から信じられないくらい大きく数の多い星と、くっきりとした月が見えた。

布団に入ってからも、虫の音を聞きながら俺は考えた。例の不思議な幸福感は、どこからかやって来たものではなく、もともと俺の中にあったのではないか、と。

事実、今の俺はまるで目隠しを取られたようにクリアーで鋭敏な感覚をしていた。

「俺は自分で目隠しをしていたんだな」

俺はそう心の中で呟《つぶや》いてみた。そうしなければ生きられないのがビジネス中心の都会の、いや現代の生活なのだ。またそういう生活をしに戻らねばならない。目隠しをし、耳を閉ざしていなければ、人間の感性が堪えられる世の中ではないのだ。

「スケジュールをさいて、来てよかったな」

俺はそう考えつつ眠りについた。

○月×日　晴天

寺の一同に見送られ、河内飛鳥を立つ。

柏原発十時三十三分、奈良着十一時。乗り替えで、奈良発十一時二十分、京都着十二時二十五分。

京都発十二時三十四分、ひかり三七六号で東京へ。東京着十五時四十四分。

新幹線の中でメモを書き終えた俺は、飛鳥のなだらかな丘とも山ともつかぬ山並を思い出していた。

旅は終わった。普段の取材旅行では感じたこともない、そんな感慨を俺は味わっていた。

ポーズがいつの間にか自分のスタイルになってしまっている生活から、ほんの短い間ではあったが抜け出せたのだ。

いつでも、どこでもあれと同じ気持ちを取り戻せる自信を持ちたい。俺は切実にそう思った。仕事イコール生きる、という公式をどこかでぶちこわすべきだと俺は考えていた。

灰色の別世界が車窓に浮かび上がって来た。スモッグにかすんで、新宿の高層ビルの影が見える。

新幹線は、東京の街並に滑り込んで行った。

猛烈な勢いで原稿を書き上げ、俺は直しの打ち合わせをするため、神保町の〝プチ〟へやって来た。

『月刊レコード・ファン』の倉内が俺を待っていた。

「御苦労さん」

倉内は俺から封筒を受け取ると、それを脇に置いて、煙草に火を点《つ》けた。俺はコーヒーを注文した。

なぜか倉内は浮かない顔だった。

「どうかした?」

俺は尋ねた。

倉内はまだ長い煙草を灰皿に押し付けてから言った。

「今、関根が来る。奴が話があるそうだ」

「この間の取材についてですか」

「ああ」

「何かまずいことでも……」

「どう言っていいのか、俺にもよく判らん」

俺は訳が判らなかった。

そのうち関根がやって来た。彼は出てきた水を一気に呑《の》み干してコーラを注文した。

「この間の取材のことで何かあるそうですね」

俺は言った。

「ああ……」彼は俺を見て言った。

「ガセだったんだよ」

「ガセ……」

「例の宿禰角《すくねのかく》とかいう拳法ね、蘇我氏の拳法だなんてのは出鱈目《でたらめ》らしい」

俺は言葉もなかった。

「あの寺に伝わっているという古文書を写真に撮って専門家に見せたんだが、表記法や、製本の方法、材質から言って、どう古く見積っても江戸中期のものだと言うんだ。しかも、その図の多くは中国拳法や、相撲四十八手の引き写しらしい」

俺は関根が何を言っているのか判らないほどのショックを受けていた。

「うちでは、あの記事の掲載は一応見合わせることにしたよ」

「でも」俺はようやく口を開いた。

「宿禰角という拳法《けんぽう》は存在していたじゃないか。俺のやっている少林寺拳法だって開祖は架空の人物の達磨《だるま》だとされている。中国拳法には、水滸伝《すいこでん》の登場人物を開祖にあげている門派だってあるそうじゃないか。蘇我氏云々《うんぬん》が、もし嘘だとしても拳法そのものの価値は変わらないじゃないか」

「どうしたんだ、おまえ」

関根は俺のけんまくに驚いて言った。

「拳法としての価値は変わらなくても、記事としての価値は変わってくる」

そう言われて、俺はまた絶句した。

「彼や彼の門弟が強かった理由も察しがつく。あの和尚、戦時中に大陸で中国拳法をみっちり学んだことがある。経歴を調べて判ったんだ」

「でも、どうして蘇我氏を引っ張り出したんだ……」

「自分の寺にハクを付けたかったんだろう。寺の住職といっても、今じゃ立派な経営者だ」

「ばかな……」

俺は呟いたがそれ以上反論をすることができなかった。

倉内が、封筒から原稿を取り出して読み始めた。

一応目を通すと、倉内は眉間《みけん》にしわを寄せて俺を見つめた。俺はそれに気付いた。

「どうかしましたか」放心したような声で俺は尋ねた。

「まずいですか、その記事」

倉内は再び原稿に目を戻して読み直した。原稿をテーブルの上に置くと、彼は俺を見つめ、一言言った。

「いい記事だ」

彼は驚いたように言った。

「こいつは凄《すご》い。こんなにアーチストを生き生き描き、しかもひとつの世界に読者を引きずり込む記事は滅多に書けるもんじゃない」

俺は、ほめられていることにも気付かぬくらい打ちのめされた気分だった。冷静に考えればたいした事ではないのだ。だが信じていたものがひとつ、崩れ去ったような虚《むな》しさを感じていたのだ。

「その拳法がどうであれ、うちではこれを使おう。文句なしだ。こんな記事を書かれたんじゃ、他のライターはすっ飛んじまうぞ。飛躍のきっかけになるかもしれん。おまえ期待していいぞ」

多分俺の原稿を読むまでは、関根の話を聞いて、今回の取材をボツにするつもりでいたのだろう。倉内は嬉《うれ》しそうだった。


喫茶店を出てからも俺は宿禰角について考え続けた。

「確かに、空手黒帯の滝沢昇を手玉に取るほどの威力のある拳法だったじゃないか」

それは本人の昇も認めていた筈《はず》だ。

あれは絶対に本物だった。俺はそう確信した。

嘘はもっと奥深いところにある気がした。例えば、蘇我氏云々はすべて本当で、わざとそれが嘘であると思わせるような書物が伝わっているとか……。

それがなぜかは俺にも説明できない。ただ、俺はそう信じたい。いや、今でもそう信じている。少なくとも、飛鳥にいる間、俺に付きまとっていた感情は、俺にとって本物でなければならないのだ。

今、俺はまた旅仕度をしている。

今度は少し長い旅になるかもしれない。行先は、河内飛鳥。

絹子嬢の宿禰角と他流試合をする約束を果たしに行って来ようと思うのだ。

オフ・ショア

1

歯医者にふられた。
いい大人が、高校生のように傷ついてしまった。夜は眠れず、食が細くなった。
仕事ははかどらず、おかげで予定より進行が一カ月も遅れてしまった。
仕事をこなさなければ金にならない文筆業の身でこれはつらい。
一〇一回もプロポーズをするというテレビドラマがあった。
あのドラマを見て感動したという女性は多いが、実際は別だ。
いやな男にどんなに言い寄られても、気持ちは変わらないものだ。
そればかりか、嫌悪感は増していくかもしれない。
付き合う気はない、とはっきり言っている相手に何度もプロポーズをするなど、立派なセクシャル・ハラスメントだと言う人もいる。

僕はそのセクシャル・ハラスメントに該当する行為を一回だけやったことになる。

つまり、事の起こりは、見合いのようなものだった。

古くからの友人の奥さんが、歯科助手をやっており、その歯科医院の女医を紹介してくれた。

僕はたちまち参ってしまった。

何度か会って食事などしたが、雰囲気は悪くなかった。

だが、「この話はお断わりします」という返事が、間に立った友人の奥さんのもとに返ってきた。

それを聞いた夜は、まったく一睡もできなかった。

そのままおとなしく諦《あきら》めなければならなかったのだ。だが、返事がきて初めて気がついた。

僕はほとんど十何年ぶりかで女に惚《ほ》れていたのだ。

三十五を過ぎて、いまだ独身だが、ようやく結婚したい相手が現れた、とまで思っていた。

とても諦めきれるものではない。僕は何とかその気持ちを伝えたくて、便箋《びんせん》七枚におよぶ手紙を書いた。

そして電話をかけた。彼女は言った。

「お返事は変わりませんよ」

もう何をしても無駄だった。それはかりかやることなすこと裏目に出る。

「どうしても、今思っていることを伝えたかった」

僕は言った。「だから手紙を書いた」

「自分の満足のため？」

彼女の声は冷たかった。僕はひどく居心地の悪い思いをした。

「そうかもしれない」

「わがままですね」

「一生のことだ。わがままにもなります」

「相手がいることなんですよ」

それが最終的な話し合いだった。

この年になったからこそ、こたえたのかもしれない。徹底的に打ちのめされた。

押し切れば女は落ちると言う人がいる。男はとにかく押しだとそういう人は言う。

だが、それは男の側の幻想に過ぎない。女にしてみれば、嫌な相手はいつまでたっても嫌であり、付き合いたくないものは、どんなにアプローチされたところで付き合いたくはないのだ。

そのことをいやというほど思い知らされた。

ひどい状態が一ヵ月以上も続いた。仕事のペースが目に見えて落ちた。

何を見ても歯医者のことを思い出す。忘れなければならないと思えば思うほど、鮮明に思い出すのだ。

アイスクリームと、なぜかニンジンが好きな人だった。

車の運転が好きな人だった。

北海道生まれのくせに、今年初めてスキーをやったと言っていた。

甘えたような話しかたが愛らしい人だった。

はっと気がつくと、そんなことばかり考えている。

生活は変わらない。あいかわらず飲みにも行くし、仕事の打ち合わせもこなす。

友人にも会う。

だが、まったく現実味を感じなくなっていた。まるで、泥酔したときに眺める風景のなかを、スローモーションで生きているような気分だ。

やけ酒を飲むわけでもないし、泣きわめくわけでもない。

おそらく、僕は、ごく普通に振る舞っていたと思う。

やけ酒を飲んだり、誰かに泣いてすがったりということにすら、思いが至らなかったのだ。

心のなかがパニック状態なので、どういう行動を取ればいいのかわからない。

だから、日常の生活を繰り返すしかなかったのだ。

やけ酒を飲む気になれるときなどはまだ軽症なのではないだろうか。

だが、どんな嵐も次第におさまってくる。さすがに夜も眠れず、食欲もなく、という状態は長くは続かなかった。

人に話すことが精神安定剤にもなる。話せば話すほど、まさに薄紙をはがすようにではあるが、楽になっていく。

それまでは、ひたすらじっと苦しみに耐えているしかなかった。

少しずつ苦しみが癒《い》えてくると、何かをしようという気にもなってくる。

どうせ机にしがみついていても仕事ははかどらないのだ。

僕はダイビングに出かけることにした。

断わりの返事を聞いてから、約二カ月後のことだった。

2

揺れるボートの上で、圧縮空気の詰まったタンクを立てる。タンクはアルミの十リッター。

タンクには、エアが詰まっていることを示すビニールテープが貼られている。テープをはがし、BCのストラップをかける。

タンクにBCをしっかり固定すると、レギュレーターのファーストステージを、タンクに装着した。

BCにインフレーター用のホースをつなぐ。

エアのバルブを開くと、圧縮空気が放出されるかすかな音がして、BCとレギュレーターのセカンドステージがわずかに揺れた。

レギュレーターといっしょに接続されている残圧計をチェックする。

エアは百八十kg／㎠入っている。

レギュレーターのパージボタンを押し、空気が流れているのを確かめ、さらにマウスピースをくわえて、呼吸してみる。

オクトパスも同様にチェックして、一度バルブを締めた。レギュレーターのパージボタンを押して、装置に残っていた圧縮空気を抜く。

こうした機械的な作業をやっているときは余計なことを考えなくて済む。

タンクを寝かせて、舷側《げんそく》から水平線を眺める。

海は明るい色をしている。雲は多いが、青空がのぞいており、時折、南国の太陽が顔を見せる。

太陽が出るたび、海は表情を変える。光をたたえて青さを増し、波は美しく輝く。

デッキからガイドが降りてきて、コースの説明を始める。

ダイビングの本格的シーズンはまだ始まっておらず、ボートには、五人しかいない。この島では信じられないことだった。夏になると、二十人ものダイバーがボートにひしめくのだ。

ガイドの説明が終わり、エアのバルブを開けて、タンクを背負う。

やがてダイバーたちは次々と海のなかに入っていく。

ある者は舷側からバックロールでエントリーし、ある者は船尾からジャイアント・ストライドで飛び込む。

僕は舷側に腰かけ、下に誰もいないのを確かめた。

後方へ自然に倒れ込んでいく。次の瞬間、頭から海に飛び込んでいた。

青い海は下から見ると緑色で飛び込んだとたん、大きな音がし、自分の周囲は泡だらけで何も見えなくなる。

息を吐き出して、がまんしていると、体がゆっくりと沈み始める。

そのとき、視界が開け、静かな世界になる。

ほんのわずか沈んだだけで耳に圧力がかかる。こまめに耳抜きをしなければならない。

一度沈んでしまえば、あとは自然にゆっくりと呼吸をすればいい。

フィンで水をひとかきすると、体がぐいと押し出され、そのまま流れていく。

それにしても、南の島の珊瑚礁《さんごしょう》の海は、来るたびにたたずんでしまうくらいに美しい。

ボートの下は、約十五メートルの深さだが、そこまで日が差すのがはっきりとわかる。

海水の透明度は四十メートル以上だろう。伊豆《いず》あたりの海だと、二十メートル以上の深さになると、暗い感じがしてくる。

三十メートルを超えると、海が変わる。別の世界の景色に見えるのだ。

だが、ここの海は四十メートルの深さでも十メートルあたりと変わらない。明るいせいだ。

珊瑚そのものは、灰白色で鮮かなものではないが、その形のおもしろさには目を奪われる。

何よりも、その珊瑚をバックに泳ぎ回る色鮮かな魚たち。

珊瑚礁は、美しい魚たちのためのキャンバスであり、ステージなのだ。

背びれが細長く突き出ており、丸い体に黒く太い縦の帯が二本入っているハタタテダイがペアで泳いでいる。

この魚は、どこでもたいてい二匹いっしょだ。

タヒチに行った友人が、写真を撮ってきた。このハタタテダイがぎっしりと群れているのが写っていた。

そうなるとありがたみもなくなる。優雅に二匹くらいで岩や珊瑚の間を泳いでいるのがいい。

南の海へ来ると、どうしてもナポレオンや回遊魚の群れ、そしてイトマキエイ――通称マンタなどの大物を見たくなる。

だが、この明るい海こそが大きな魅力なのだ。

どこにでもいるソラスズメダイやブダイ、ヤマブキベラそして、各種のクマノミ、さまざまなチョウチョウウオなども、この美しい海で見るとまた格別なのだ。

ガイドは、のんびりと泳いでいる。どんなに離れてもはっきりとその姿が見える。透明な海でなければ味わえない解放感だ。

クマノミの根と呼ばれる岩礁を回るころには、僕はすっかりリラックスしていた。実際、海に入ると雑事を忘れられる。たいへん不思議な効果だ。海の底の世界がそれだけ神秘的だということかもしれない。

ある人は、体内の窒素のせいだ、と言った。圧縮空気には、酸素一に対して窒素が四、含まれている。

スキューバ・ダイビングのギアというのは水圧に負けないように、体内に空気圧をかけているのだ。

それだけ高圧の窒素が体内に送り込まれることになる。

窒素というのは麻酔のひとつだ。それで、頭の働きが多少にぶくなってくる。大深度に行くと、窒素酔いを経験することもある。ちょうど酒に酔ったような気分になるのだ。

深いところに長くいればそれだけ、減圧停止が必要になる。減圧停止というのは、三メートルから五メートル程度の浅い場所で一定時間とどまることを言う。

窒素のために、一日二本以上潜る場合、ダイバーは皆、ダイビング・テーブルやダイブ・コンピューターの世話にならなければならない。

どのくらいの深さにどれだけいられるかを、一本目の潜水をもとに計算するのだ。

窒素酔いまでいかなくても、潜っていれば確かにその影響を受けずにはいられないようだ。

あるダイビング仲間は、海の底では計算ができなくなると言い、また別の友人は、見る魚、見る魚、覚えていようと思う先から忘れてしまうと言う。

それが本当に窒素のせいかどうかはわからない。

だが、海の中では確かに余分なことを考えなくなり、たいへんゆったりとした気分になる。

動物は、羊水のなかにいるときは、海のなかにいる状態と同じだ。

誕生の瞬間に人も獣も魚から進化するのだ。

水に潜ると心が落ち着くのは、その羊水にひたっていたころの記憶が潜在意識のなかに残っているからだという説もある。

また、人間は、水に入った猿が進化したのかもしれないと述べたのは、かのライアル・ワトソンだ。

著書『アースワークス』のなかで、彼はその根拠として次の点を挙げている。

人間はチンパンジーやゴリラのような体毛がない。体毛がこれほどに少ないホ乳類は、水に棲《す》むイルカやクジラ以外に例を見ない。

人間の新生児は、ほとんど生まれた直後から泳ぐことができる。

二本足で歩くことは、四本足でいることよりデメリットがあまりに多い。これは重力にさからう姿勢だからだ。水の浮力がなければ説明がつかない。

ホ乳類で向かい合って性交をするのは人間以外ではクジラ、アザラシ、イルカといった水棲《すいせい》動物だけだ。

そして、人間は、顔の肌に水がつくと、心搏《しんぱく》数が自動的に減り、酸素消費率が低下する。

水に潜ると心搏数が減少するという「潜水反射」は、人類以外にはクジラやアザラシなどに見られるが、他の陸棲《りくせい》動物にはまったくない。

――つまり、僕たちは、もちろん猿との共通点は多いが、同時に、クジラやイルカの仲間でもあるらしい、ということだ。

僕がライアル・ワトソンのこの話を読んだのはスキューバ・ダイビングを始めるずっとまえのことだ。

理屈としてはおもしろいとずっと思っていたが、海に潜るようになって、実に愛すべき説だと感じるようになった。

クジラやイルカの仲間であることに誇りを感じるのだ。

いったい、どの説が正しいのかはわからない。

あるいは全部が当たっているのかもしれないが、とにかく、海のなかにいるとき、僕は歯医者のことを忘れていた。

これは奇跡に等しい。

東京にいる間は、片時も頭から離れなかったのだ。

僕はずいぶん長い間、海のなかを漂っていたような気がした。

実際、こういう明るい海ではエアの消費量が減る。その分、同じタンクで長時間潜っていられる。

伊豆あたりの海よりも、十分から十五分は長くエアがもつようだった。

プレッシャーを感じないからだ。

四十五分間も潜っていた。エアの残圧は四十を切っている。そのころ、ガイドは、すでに皆をボートの下まで連れてきており、減圧停止を兼ねて遊んでいた。僕はガイドに浮上の合図を送り、ゆっくりと水面めがけ水を蹴《け》った。エキジットして、装備を解き、ウェットスーツを脱ぐ。

階段を登ってデッキへ行き、デッキチェアに体を横たえる。

ボートは揺れているが、横たわってしまえば、船酔いもしない。

気をつけないと、強烈な紫外線が、まだ覚悟のできていない肌に火ぶくれなどを作ってしまう。

季節的に、まだそれほど気温が高くないので油断してしまうが、春から夏にかけての紫外線が一番強いと言われているのだ。

特に肩と、大腿部《だいたいぶ》に気をつけないと、夜にはひどい思いをすることになる。つばつきのキャップ、Tシャツやポロシャツは必需品だ。さらに脚にバスタオルをかけた。

潜るまでは、ボートの揺れは、ただ不快なだけだった。

今、こうして、海と島を眺めていると、小さくない揺れだが、のどかな気さえしてくる。

やがてボートはアンカーを上げて走り出した。

両舷《りょうげん》に一基ずつ強力なエンジンを持っており、高速で波を切り裂いていく。

島陰にボートをつけ、浜に上がって昼食を取る。宿で作ってくれた弁当だが、久しぶりにものを食ったという気がした。

海に来ると食欲が出る。

午後、別のポイントで一本潜り、ボートはいつもの停泊場所である湾内に引き揚げた。

ダイビング器材はメッシュバッグに入れて運び、宿の脇で器材を洗い、小屋に並べる。

夏場は、器材を並べるにも場所の取り合いだが、まだ今時分はそんなこともない。

宿はダイビング・クラブが経営している民宿だ。

この南の島はダイビングの施設以外には観光名所のようなものがほとんどない。

この島にやってくるのは皆、ダイバーだと思えば間違いない。

つまり、ダイバーにとっては天国ということだ。

シャワーを浴びたあと、近所の店からビールを買ってきて庭で飲みながら、記録《ログ》をつける。

いっしょに潜ったガイドがやってきて、見た魚、ポイントの地形、水温、透明度など、細かく教えてくれる。

まだ日は高く、風は涼しい。ダイビングのあとのビールはとにかくうまい。だいたい運動したあとはビールがうまいものだが、アフター・ダイブのビールのうまさには理由がある。

タンクのなかの圧縮空気というのはたいへん乾いている。さらに、水圧と同じ気圧の空気を吸うわけだから、その乾いた空気を平均して二倍から三倍の勢いで吸い込んでいるのだ。喉《のど》が渇ききっているのが当然だ。

ビールを一缶飲み干し、ログをつけ終わると、することがなくなってしまった。ひとり旅なので夜はたいくつするかもしれない。昼間、ボートでいっしょだった客もいるはずだが、おそらく、彼らはグループのはずだ。

今の僕は、暇な時間が何よりもおそろしかった。

恐れていることの予兆はすでにあった。ビールが引き金になったようだ。酔いは再び感傷を呼び始めた。体を動かしている間は、まだ救われている。本来、何も考えずにのんびりすべき時間を、今の僕はもてあましてしまう。

こんなことなら、ナイト・ダイブでも申し込んでおけばよかった。そんなことまで考えた。

とにかく、こうなったら、さらに酔ってしまうしかないかもしれないと思い、僕はダイビング・クラブが持っているクラブハウスへ出かけることにした。

3

クラブハウスは入り江を見下ろす小高い丘にある。

入ると右手にバーがあり、板張りのフロアに丸テーブルが配置されている。テーブルのまわりには籐《とう》の椅子が置いてある。外へ出ると入り江が眺められる。外にもテーブルと椅子が置いてあり、シーズンにはここでバーベキューをやるのだ。

僕はカウンターへ行ってビールをもらった。カウンターのなかには、若いダイビング・スタッフが入っている。

この島へは年に一度は来ることにしているので、もう顔見知りになっている。

僕はビールのジョッキを持って外のテーブルまで行った。

ようやく日が傾き始めた。――と、思っていると、みるみる日が暮れていく。

赤道から遠ざかるほど、夕暮れ時が長い。赤道に近づくにつれ、日はすとんと落ちるように早く暮れるようになる。

日没が唐突なだけに、そのとき起こる景色の変化は劇的だ。

入り江のむこうに小さな島が見え、それに夕日が当たっている。夕日は、クラブハウスから見ると、水平線には沈まず、島陰に沈む形になる。

その入り江の小島に当たる夕日の色が刻一刻と変わっていくのだ。徐々に赤味を増していき、気がつくとあたりは急速に青くなっていく。

夕闇の青さと、残照の赤の微妙なバランスが、辛うじて保たれていく。

やがて、夕暮れの勢力が圧倒的になり、小島はかすかな白味がかった光に照らされている感じになる。

夕日の余韻のように見える。

その間、本当に数分間だ。僕はビールを飲み、テーブルのうしろに置かれたデッキチェアに深くもたれて、その様子を眺めていた。

そのあと、忘れかけていた夕暮れの深い青さが訪れる。

街灯やネオンサインなどで、本当に僕は夕闇の色を忘れていた。

夕闇というのはたいへん濃く、自分の手までが白く闇に溶けていくような気がしたものだった。

今、僕は本物の夕闇に包まれている。やがて本当の夜が訪れ、失われていた星たちがすべて姿を現す。

圧倒的な星の数だ。

僕は、その変化に見とれていた。気がつくとビールがなくなっていた。

素晴らしい映画を見終わったあとのような気分だった。

いい映画というのは、ストーリーではない。気配であり、情景なのだ。

僕は妙な満足感を味わい、空のジョッキをバーカウンターに返しに行った。

カウンターのなかのスタッフが、夕食の時刻だ、と教えてくれた。僕は一度、夕食を食べるために、民宿へ戻った。


夕食を済ませると、やはり手持ち無沙汰《ぶさた》だ。いつもいっしょに潜ってくれるガイドは、ナイト・ダイブに行っているということだ。

僕は、またクラブハウスへ行ってビールを飲むことにした。

さきほどと同じように、ビールを外のテーブルに置き、デッキチェアにすわる。

夕日を受けていた小島は黒いシルエットとなっており、今は海も暗くて見えない。

ただ波の音が聞こえてくる。

すでに、歯医者が、僕の心を占領し始めていた。

簡単に忘れられないことは覚悟していた。思い出すまい。忘れよう。そう思えば思うほど、記憶を長く引きずることになるもののようだ。

どうせ、人間は、同じことについて悩み続けることなどできないのだ、と心を決めて、とことん悩み尽くすのもいい。

ふと僕はそう思った。

忘れようとするのではなく、思い出せる限りのことを思い出すのだ。

言うは易し……、だ。身を焼かれるような思いがするだろう。

心の傷は、まだどくどくと血を流し続けているのだ。

だが、やってみる価値はある。幸い、そのための時間はたっぷりあるし、誰かと話をする気分もすでに失《う》せている。

僕は夜空を眺めて大きく溜《た》め息をひとつついていた。

古今東西、人間は恋に悩んできた。どれだけ長い時間をかけて、どれだけ多くの人が悩んだことだろう。

なのに、恋の悩みについて明快な解答を出した人はひとりもいない。少なくとも、僕は知らない。

あるとき、素晴らしいこたえのように思えるものに出会う。

だが、次の瞬間にそれは、まったく無意味であることに気づいたりするのだ。

それの繰り返しでしかない。

また、僕自身が、誰かを好きになったり、別れたりするたびに何かを学ぶかといったら、そんなこともありはしないのだ。

少しは懲りた気分になるかもしれない。

だが、結局、また同じことを繰り返すのだ。

恋の特効薬は新しい恋だと誰かが言っていた。それは理解できるし、経験上、それが的を射ているのは知っている。

しかし、それにはある程度の時間が必要なのだ。今は、誰も眼に入らない。

もちろん、もう歯医者のことは忘れるしかないと思っている。連絡を取る気もない。

だが、心のなかから、交した言葉や、そのときの歯医者のしぐさなどが消えようとしないのだ。

わかったと、僕は思った。

対峙《たいじ》してやろう。この島へやってきたのはいろいろなことをちゃんと考えるためだ。

そう思った。

僕は、初めて彼女と会ったときのことから思い出し始めた。

紹介してくれた友人の家だった。ミニスカートのスーツ姿だ。

彼女は友人の奥さんのために花束を持ってきたのだった。

酒が強い人だった。僕も友人もしたたかに酔ったが、彼女は平気だった。

青味がかった白眼と、黒々とした瞳《ひとみ》のコントラストがたいへん美しい。

長い髪はやわらかなウェーブを描いている。素晴らしい女性だと思ったのを覚えている。

翌日、歯医者に電話をすると、彼女は快く自宅の電話番号を教えてくれた。

ずいぶん長電話をしたこともある。気がついたら三時間も話していたということもあった。

僕は長話をするほうではない。電話など三分以内で終わることが多い。

彼女は特別だという勘違いはこのあたりから始まったのかもしれない。

何度か食事をしたが、そのたびに、彼女への理解が深まるような気がした。

それは理解ではなく誤解だったようだ。

彼女は幼いころから歯医者になりたかったのだ、と僕に語った。

彼女が話してくれたことを、彼女の語り口とともに思い出していった。

ビールがなくなり、僕は、しばらく、星を見ながら、考えていた。

愛するというのは、僕にとってだけ意味があって、相手にとっては、何の意味もないのかもしれない。

歯医者は僕をわがままだと言ったが、そういう意味では、皆わがままなのではないだろうか。

愛されることは幸せだ、と言う。子が親に愛されるのは大切だ。

だが男女の仲ではどうだろう。

おそらく、愛されることなど、愛することに比べたらほとんど意味がないはずだ。

男女の間では、愛することが最も快いのだ。愛されることが大切なのは、自分が愛している相手から愛される場合だけだ。

好きになれない相手から愛されるのは迷惑なだけなのだ。

歯医者はそれをはっきり言える強い人だった。

彼女は迷惑という言葉は使わなかったが、「ルール違反」という言葉をまったく同じ意味で使った。

一度断わられた相手に、また手紙など書くのは「ルール違反」だと言うのだ。つまり、彼女にとって迷惑だということなのだ。

本人に、ここまで言われれば、諦《あきら》めるしかない。

ふられた相手にプロポーズをし続けるドラマなど、いかに絵空事かが、はっきりとわかった。

彼女は、僕のすべてを否定した。それはそうだ。男と女の間には全肯定と全否定しかない。つまり、好きか嫌いか、ということだ。否定されても、腹など立たなかった。ただ情けなかった。

僕がこれほどに落ち込んだのは、そのせいもあったかもしれない。

僕は彼女に対してコンプレックスを持っていたのかもしれないし、彼女のまえでプライドを保てなかった。

ひどく後悔しているのは、そのせいなのかもしれない。

つまり、彼女の言い分は正しかったのだ。僕は結局、自分への愛情を否定されたことで傷ついていたのかもしれない。

「なあんだ。自分勝手なだけじゃないか。ふられて当然だ」

僕は声に出してつぶやいていた。

それに気づくのは、ある種の感動ではあった。

しかし、認めるのは面白くない事実だ。

僕は、のろのろと立ち上がり、カウンターまで行ってもう一杯、ビールをもらった。リゾート地へやってきて、うじうじと悩んでいるのは愚かだと、人は思うかもしれない。

だが、リゾートがいつでも無条件に楽しいはずなどないのだ。楽しもう楽しもうとするのは、かけた金の元手を取ろうと、無理をしているだけかもしれない。

僕には、ものごとを考えずに済む時間と、考える時間の両方が必要だった。そして、僕はそれを実行している。これこそが贅沢《ぜいたく》な時間の使いかたで、僕にはこの贅沢が必要だったのだと思う。

外へ出ようとすると、ガイドが海から戻ってきた。

彼は僕に言った。

「ひとり？　淋《さび》しいね」

「それを味わってるわけだ」

「なるほど、そういう心境か？」

彼は考えながら言った。「だけど、それはここの流儀に合わんな……」

「どうすればいい?」

「網を打ってグルクンの子をたくさんつかまえた。フライにするとたまらなくうまい。ビールもすすむ。うちに来て、そいつを味わいながら話をするというのは?」

リゾートに高級なホテルもプールも必要ない。

僕は、彼の心遣いに甘えることにした。

「いいね。行こう」

ふたりでクラブハウスを出た。

思い出す時間と忘れる時間。

その両方が必要なのだ。

タマシダ

猫が、金魚のタネの袋をくわえて持って来た。

写真のサービス判くらいの薄っぺらい紙の袋で、内側にアルミ箔《はく》のコーティングがしてある。振るとカサカサと音がするところは、まったく花のタネといった感じだ。流線型の原始的だが色あざやかな金魚の絵が描かれている。

猫からその袋を取り上げると、わずかにうらめしそうな顔をされた。

これは夢だ。

企画開発部の技研課にいる同期の桜井《さくらい》と昼食をともにする機会があった。話題がとぎれたときに、何の拍子か僕は口をすべらせた。

「こんな夢を見たよ」

桜井は、割りばしでつまんだ大切な焼肉を、床に落としてしまった。悲しそうにその肉片に別れを告げると、彼は僕の目をじっと見つめた。

「その話は――」

彼は声を落とした。「まだ誰にもしていないだろうな」

「喜んで他人に話すほどのことじゃないしな」

「そうだな……」

「実際にできるとしたら、これはそれなりに面白いけどね」

「面白いなんてもんじゃない。金魚すくいの業者の需要だけでも考えてみるといい。彼らは、金魚のタネができることで、膨大なメンテナンスの手間から解放されることになる」

「それが何になるんだ」

「知らん。俺に金魚すくい業者の親せきはいない。だいいち、俺は技術畑だ」

僕はひとこと言いかけて、やめた。

「とにかく、誰にもその話はしないでおいてくれ」

「ああ、しゃべる気なんかないさ」

桜井の目が偏執狂を思わせて、気になった。

こんな夢を見たのは、ジョンのせいだった。

ジョンというのは、鉢植えのタマシダだ。比較的手間がかからないと、花屋のオヤジが言うので心が動き、多少男やもめの部屋の殺風景さがやわらぐかと思い、衝動買いしたものだ。

面白半分で毎日水を少しずつやると、赤ん坊の指のようにみずみずしい茎が、土の中から頭をもたげてくる。情がわき、幼いころに飼っていた犬の名をつけてやったのだ。

白い鉢の上に、放射状に若葉色が開いている様は、なかなか美しかった。そのうち、喫茶店でタマシダを見ても、「うちのジョンのほうが葉振りがいい」などと悦に入るようになる始末だった。

独り暮らしのわびしさからか、いつしか、床につくまえに、レコードに針を落として、ジョンに話しかけるのが習慣となった。気のせいか、ジョンの茂りも勢いがつき始めた。

多忙のせいか、肩こりや胃のむかつき、背中の痛み、腰痛、めまいなどという症状にさいなまれていたのだが、この習慣が定着するころから、嘘のように気分が軽くなった。

もちろん、ジョンが返事をしてくれるわけではない。だが、不思議と心が落ちつくのだ。

僕はチック・コリアの『ナウ・ヒー・シングス、ナウ・ヒー・ソブス』を聴きながら、ビールを飲んでいた。

ふと、ジョンのことが気になり、ぶつぶつと話を始めた。会話をするといっても、独り言と同じだ。他人に見せられた図では決してない。

チック・コリアの指が八十八のキーを気まぐれに走り回る。いつしか、その十本の指は、スパニッシュ・モードを奏で始めていた。

ドラムとベースが、神経質そうにそのピアノを追う。この明るい緊張感が好きだった。

缶ビールで咽《のど》を潤し、僕はジョンに語りかけていた。

――何か面白いことはないかな――

三十歳をすぎて、恋人もいない生活。

営業畑の仕事は、要領さえ呑《の》み込んでしまえば、思ったより変化にとぼしいものだった。

体調が持ち直したとは言え、気ままに一人旅するほどに自信がついたわけではない。心身症というのはやっかいなものだ。

——何か、ぱっと世の中が明るく見えるようなことはないかな——

そんなグチをジョンにこぼし、床についた夜に見た夢が「金魚のタネ」だった。思い返してみると、これまでにジョンは、僕にいろいろな夢を見せてくれていたのだ。ジョンは嘘をつかなかった。

こんなことがあった。

企画開発に、ちょっとグラマーで目の大きい美人がいる。年は二十三歳だったと思う。僕たちはひそかに企画開発のマドンナと呼んでいた。

——何とか彼女と親しくなれないかな——

僕は何度かジョンに話しかけた。

ある夜、夢を見た。誰かが『今日は彼女の誕生日だ。彼女は宝石なんかよりも、花をプレゼントされるのを望んでいる』と僕に語っていた。

『それも切り花じゃだめだ。鉢植えの生きた花がいい。そうすれば、彼女はきっと君に好意を抱く』

僕はばくちを打つつもりで昼休みに花を買いに出かけた。半信半疑で彼女のところへ行き、本当にその日が彼女の誕生日だと知ったときには、驚きを通り越して、背筋が寒くなった。彼女も目を丸くしていた。

それっきり、デートに連れ出せもしない自分のだらしなさに、うんざりしているのだが――。

ジョンは夢の中で得意先の趣味や好みも教えてくれた。

あるとき、これも夢の中で、誰かが、植物というのは人間がコンピューターで築いたのより、はるかに鋭敏で密度が高く広範囲なオンライン・システムを持っていると言っていた。

植物は、世界中のどんな小さな草花同士でも、常にリアルタイムで会話ができるという。これが、地球だけにとどまらず、植物であるかぎり、全宇宙に広がるネットワークを持っているというのだから恐れ入った。

僕はそれを信じたい気分だ。

ジョンがすべてを知っているのは、その植物の情報流通のおかげなのだと僕は思う。

そして、ジョンに話しかけるようになってから、よく夢に登場する顔のわからない誰かは、ジョンの擬人化された姿なのだ。

とはいえ、「金魚のタネ」の意味はさすがにわからなかった。それきり、僕はその夢を忘れようとしていた。

「おい。おまえと俺は同期の桜だ」

桜井が、ある朝突然、僕の席に飛んできて言った。

「何だ？」

「アイディアだけじゃ、どうにもならないってことを、おまえもわかってくれるな。技研と営業はひとつの軸でつながれた両輪だ。どっちが欠けても、うまくはいかない」

「何を言ってるんだ」

「たしかにアイディアは最高だった。だが、それを現実のものにしたのは俺たちだ」

「何のことを言ってるのか、僕にはさっぱりわからない」

「いいとも。それを話しても、自分のアイディアだと言い張って、俺たちを白い眼で見たりしないな。なにしろ、営業にそっぽ向かれると、せっかくの商品開発も……」

「いったい何のことだ。はっきり言え」

桜井は周囲を見回してから、僕を睨《にら》みつけた。すごい眼つきだった。

「重要機密だ」

僕はしばらく何も言えず、桜井の顔をあっけにとられて見ていた。

桜井は勘違いしたらしく、重々しく頷《うなず》いた。僕は言った。

「これだけ騒いで、何が重要機密だ」

「すまん。そういうことには気がつかんのだ。秘密を持つような知り合いはいないし、だいいち、俺は技術畑だ」

僕は溜《た》め息をついて立ち上がり、人気《ひとけ》のない会議室へ桜井を連れて行った。

「何だって？　金魚のタネを作っただって？」

「しっ。声が大きい」

「食品メーカーのうちが、何でそんなおもちゃを作らにゃならんのだ」

「おもちゃじゃない。本物の金魚のタネだ」

「何なんだ、そいつは」

「おまえ、アンドロビオシスというのを知ってるか」

「アンドロ……何だって？」

「アンドロビオシス。乾燥睡眠のことだ」

「乾燥睡眠……」

「細菌類や無脊椎動物によく見られることで知られている。細胞の水分が蒸発してしまってからになっても、水をかけてやると、またもとのように動き出すといったやつらがいる。これがアンドロビオシスだ。俺たちは、遺伝子情報と、有機体の乾燥物をいっしょに封じ込めることに成功した。つまり、乾いた卵だ。とはいえ、高等な動物にはまだまだ応用はきかない。実験は成功したよ。あとは商品企画をうまくやれば……」

僕はびっくりして、桜井の腕を取り立ち上がった。技研課にすっとんで行くと、技研課長が顔中に笑みを浮かべて僕に握手を求めた。

「いずれ、然るべき筋を通して君にはお礼をさせてもらう。こいつは業績表彰もんだよ」

「とにかく、そいつを見せてください」

現物は、直径二ミリほどの黒褐色の球だった。正露丸に似ているが、臭いはまったくない。

技研課長と桜井はもったいぶった手つきで、ビーカーの水に白い粉をとかした。

「こいつは複合アミノ酸の一種だ」

桜井が言った。

その溶液の中に丸薬を落とした。

黒褐色の球はふやけて白っぽくなり、見る間にふくらんできた。ぶつぶつと泡を出しながら大きくいびつになったタネは、十分ほどで金魚の形になり、やがて、誇らしげな赤い色でビーカーの中を泳ぎ始めた。

「もう淡水の中へ放してやってもだいじょうぶだ」

桜井は、金魚をそっと四本の指のはらに乗せて、大きな水槽へ移した。同じような金魚が五匹、気持ちよさそうに泳いでいる。

僕は魔法を見せられたような気分で立ち尽くしていた。

さすがに、金魚屋だけの需要ではソロバンははじけなかったが、ニュータイプのギフト・グッズという触れ込みで、金魚のタネは大ヒット商品になった。

僕と桜井は、全社員の前で表彰された。

業務成績を下から数えたほうが早かった、さえない営業マンが、一夜にして社内のヒーローになったのだ。

企画開発のマドンナと、急速に接近したのもそんなことがあってからだ。女は打算的だと言うが、これぱかりは仕方がない。女は打算だけで自分の身を守るのだから。

企画開発のマドンナとデートを重ね、いつしか深い仲になっていた。

部屋を空けることも多くなり、自然とジョンと話す機会も少なくなった。

彼女のベッドにいっしょに横になり、髪の甘いかおりを楽しんでいるとき、ふと、僕がプレゼントした花が、こちらを見ているような気がした。僕は苦笑を洩《も》らした。

「どうしたの？」

「いや……。つくづく幸せだと思ってね」

彼女は笑みを浮かべ、裸の胸に顔をうずめてきた。ひやりとしたももが触れた。

二人はそのまま、甘い眠りにつつまれていった。

夢の中で男が泣いていた。

正確に言うと、性別はわからない。僕が勝手に男だと思っているだけだ。

男は別れを告げに来たという。

「別れる前に、君だけに教えておこう」

男は言った。

「この世には三種類の生きものがいる。動物と植物とそのどちらでもないもの……。

例えば岩石の集合体だ。動物は植物につつまれ、植物は岩石の集合体をよりどころにしている。いずれ、この三つは二つに、やがてひとつになってゆく。それが運命だ。君たち動物はいずれ植物に同化してゆかねばならない。人間に動物のタネを作ってもらったのは、それの第一歩だ。この研究はどんどん進められるだろう。それが君たち人間の役割だからだ。究極の生命科学は、動物が植物としての進化を遂げることを目標としなければならない。そして、植物は再び岩石に帰ってゆく。そうとも。植物が君に、金魚のタネを作らせたのだ」

「いったい何のために、動物は生まれたのだ?」

「植物にない行動力を生かして、情報を集めるためだ」

「いったい何のために植物は生まれたのだ?」

「動物の集めた情報をたくわえるためだ」

「岩石の集合体は何をするのだ」

「植物のたくわえた情報を、くり返しくり返し含味し、黙考するのだ」

「何のために」

「宇宙意識の一部となるために。第一段階、動物の役割はもうじき終わる。もうじき、君たちも植物への道を歩み始めるのだ」

目の前におそろしい風景が展開した。

大地に根を生やし沈黙する緑色の人間たち、胴体から芽をにょきにょきと生やして倒れる犬や猫……。そして、見わたす限りに広がる緑。

恐怖で目を覚ました僕は、しばらくジョンに水をやっていないことを思い出した。

僕ははね起きた。

「どうしたの」

マドンナは目をこすりながら言った。

ベッドの中に動物的な肉の交わりの余韻があった。

「帰らなくちゃ」

僕は身じたくを始めた。

「こんな時間にどうしたって言うの？」

「ジョンに水をやらなくちゃ。あいつは死にかけている」

「ジョン……て？」

「うちのタマシダだ」

狂人を見る目つきを後に、僕は部屋を出た。

ジョンは枯れていった。

あの夢はやはり彼の別れのメッセージだった。

僕は夢が気になってしかたがなかった。ジョンは今まで一度だって嘘をついたことがないのだ。人間たちは、自ら存在を絶とうとしている。

日に日に不安はつのっていった。とりあえず、タネの研究をやめるべきだ。僕はそう考えるのがやっとだった。

「今、うちでは動物細胞内で光合成ができないものかという研究をしている」

桜井からそんな話を聞いたのは、夢を見た日から四日目のことだった。

「また、ひとつ、二人でヒット商品にしたてようじゃないか」

「そんな研究はやめるんだ」

「ああ?」

「そんな研究はしちゃいけない。いいか。金魚のタネも、あそこまでにしておくんだ。もうこれ以上のことはやっちゃいけない」

「何を言ってるんだ」

桜井は気味悪そうに僕を見た。

「いい。僕が直接技研課長に言う」

「何をばかなことを言ってるんだ。おい、待て」

僕は、企画開発部のドアをくぐった。

技研課長の笑顔は、僕の話を聞いたとたんに、こわばった。

「待て。落ち着いて理由を説明したまえ」

頭に血が上るのをはっきりと意識した。僕は夢中で、夢の話をすべてぶちまけていた。心の片隅から「よせ」という自分の声がかすかに聞こえた。しかし、遅かった。

僕はしゃべり終えていた。

技研課長も、桜井と同じく気味の悪そうな顔で僕を見つめていた。

僕は言い淀《よど》んだ。

「とにかく、取り返しのつかないことになります」

はげしい無力感を感じた。

この話は、あっという間に上層部に伝わった。企画開発のマドンナのあたりからか、僕の奇行という噂も広まった。もちろん、彼女は僕から遠ざかっていった。

すぐに僕は営業課長に呼ばれるはめになった。

「君は精神病院に通っているという話じゃないか」

僕は驚いた。

「いえ、神経科です。心身症で自律神経がちょっと……」

「とにかく、業績表彰以来、君は働き過ぎのようだね。少し休暇を取ったらどうだ」

「いえ、疲れてはおりません」

課長は溜め息をついてから、あらためて僕を睨《にら》んだ。

「病院へ行って、あらためてよく診てもらうんだな」

「ですが……」

「命令だよ、君」

僕は今、精密検査と称して精神科に入院を強いられている。

とんでもない話だ。確かに僕はどうかしていた。夢が本当であれ、嘘っぱちであれ、金魚のタネくらいでどうこういう問題ではなかったのだ。スケールが違いすぎる。

入院して三日目、何が起こりつつあるのか、おぼろげながらわかり始めた。

病室の窓際にあるオモトの鉢植えが、ほくそえんだのだった。

(待っていたよ)

僕はオモトの声を聞いた。(ここなら、誰にも邪魔されず、いくらでも話ができる。僕らは、もっともっと君と話し合う必要がある。僕たちのことを理解してもらわなきゃね。これから君は、僕たちのために働くのだからね)

窓の外に目をやった。

僕は、病院の庭でにこやかにアジサイの花と話をしている白衣の男を、ぼんやりと眺めていた。

生還者

1

その男は、暗い部屋の中で大きなソファに深く腰掛け、ブランデーのグラスを片手に、煙草をくゆらせていた。

暗い部屋が、その男が煙草を吸う瞬間だけほんのりと明るくなった。

部屋には何の音もなかった。時計の音も、音楽も、他人の話し声も全くなかった。

男は一人だった。

独りで彼は、自分の鼓動と呼吸の音だけを確かめるように聞いているようだった。

年齢は三十五歳前後、肩や胸に盛り上がった筋肉はまだ衰えを見せていない。

彫りの深い顔にある二つの眼が闇の一点をじっと見つめていた。

その先には小さな額に入った写真があった。古ぼけて色あせた写真で、彼と同じくらいの年齢の女性が優しげに微笑していた。

その女性の腕には彼女の息子らしい赤ん坊が抱かれていた。その赤ん坊は彼と同じく黒い髪と黒い瞳《ひとみ》を持っていた。

彼の腰掛けているソファは、マホガニーで土台が作られ、豪華な彫刻がほどこされていた。申し分ない坐《すわ》り心地で、左手のブランデーも上等な香りを立ち上らせていたが、その男の瞳は暗く曇っていた。

写真の入った額の隣りには、盾にはめ込まれた大きな金のメダルがあった。暗くて今は見えていないが、そのメダルには「時を超えし英雄に贈る」という文字が五つの共通語で彫られてあった。

彼の名はロッドといい、かつては優れた空間海軍《ネイビー》の航海士《パイロット》だった。

ぽとりと、手に持っていた煙草の灰が彼の膝頭《ひざがしら》に落ちた。ふと彼はその瞳に意識の光を取り戻した。二度三度瞬《まばた》きをすると彼は大きく溜め息をついて、高い天井まで達している大きな窓をゆっくりと振り返った。

レースのカーテン越しに、明るい月が二つ見えた。

正確に言うと、大きい方の月はこの星系《うみ》を回る惑星のひとつで、小さい方がその衛星なのだ。

彼がいるのは、その惑星と衛星のラグランジュ点に建造された第十五コロニーだった。

突然、部屋に明かりが点《とも》った。

ロッドは、まぶしげに目をしばたたいた。部屋の入口にもう一人の男が立っていて、その男が部屋の照明のスイッチを入れたのだった。

彼は、ロッドとほとんど同じ背恰好《かっこう》をしていた。年齢もほぼ同じだった。そればかりか、その容貌《ようぼう》までがそっくりだった。

「カーチスか」

ロッドは低い声で言った。

「また一日中この部屋の中で過ごしたんだな」

カーチスと呼ばれた男は兄弟に話し掛けるように言った。空間海軍《ネイビー》の制服がよく似合っていた。

「一緒に一杯やらないか」

ロッドはカーチスに言った。

「待ってくれ。シャワーを浴びてくる」

カーチスは部屋から出て行った。

ロッドは、ブランデーのグラスを傍のテーブルに置き、煙草を揉《も》み消してから立ち上がった。

CATVの下に打ち出されていたテレックスの夕刊を少しばかり眺めてから、彼は、カーチスのためのグラスと、冷えたビールを取りに台所へ行った。

同じ年恰好で似たような容貌であるにもかかわらず、二人の印象は驚く程違っていた。若々しいカーチスに比べ、ロッドの行動は、疲れ切って見えた。

グラスとビールを持ったロッドは部屋に戻り、再び大きなソファに腰を降ろすと、ブランデー・グラスに残っていた芳香のある液体を一気に飲み干した。

やがて、シャワーを浴び部屋着に着替えたカーチスがタオルで頭髪をゴシゴシと拭《ふ》きながら現れた。

深い紅色の厚いじゅうたんを敷きつめた大きな部屋は、何世紀も昔の貴族の寝室を思わせた。それはロッドの趣味だった。

カーチスは、ロッドのソファに向かって斜めに置かれた椅子に腰を降ろした。

ロッドはそのカーチスの前に置かれたグラスにビールを注いだ。

カーチスは軽く頷《うなず》くと、それをゆっくりと飲み干した。ロッドは自分のグラスにもビールを注いだ。

その年齢不相応な疲れ切ったロッドのしぐさを、じっと見つめながらカーチスは言った。

「もうちょっと、しゃんとしてくれなきゃ困るじゃないか」

「しゃんとしてるさ」

ロッドは低い声で言った。

「どこがだい」

カーチスの声は明るくよく響いた。全くロッドとは対照的だった。

「こうして心臓も動いているし、呼吸だってしている」

「そんなことじゃないんだ」

カーチスは、おおげさにまたか、という顔をしながら言った。

「まだ若い筈《はず》だ」

「ああ……。その積もりだ。肉体的にはな」

「まだ働ける筈だ、充分に。少なくとも僕なんかよりは経験もあるだろう」

ロッドはそう言われてグラスのビールをあおった。嫌な事を忘れたいような飲み方だった。

「ウイスキーにするかい」

空いたグラスを手に取ってロッドは立ち上がった。

「あまり飲み過ぎない方がいい」

カーチスは心配そうに自分と同じ年恰好のロッドに言った。

「大丈夫だ。まだ若い。おまえも、今、そう言ったろう」

「今夜は少し、ちゃんと話がしたいんだ」

「話ならいつもしている」

「いつもは話なんかになってやしないじゃないか」

「判ったよ。判ったから飲ませてくれ。おまえと居ると飲まずにはいられないんだ」

カーチスは溜め息をついた。

「じゃあ、僕も一杯もらおう」

ロッドは頷いてウイスキーのボトルを棚から取り出して来た。彼は二つのグラスになみなみとウイスキーを満たした。

「司令部じゃ、あんたの復帰を心待ちにしているんだ。あんたの経験と技術は十人の航海士《パイロット》を雇うより有効なんだよ」

カーチスは、ソファに腰を降ろしたロッドに向かって言った。

「また俺に宇宙《うみ》へ出ろと言うのか」

「まだやれる。人生はまだ先が長い。そうだろう」

「人生……」

ロッドは暗い瞳でそう呟《つぶや》くと、グラスの中味をがぶりとあおった。

「カーチス。人生というのはな、自分自身の持っている時間と、まわりの時間とが、一緒に過ぎて行った人々の言葉なんだ。人生というのは一人では作れない。思い出が必要だし、それ以上にその思い出を分かち合える人間が必要なんだ」

「これからだってできるだろう」

「頼むよ、カーチス。これ以上俺に何をしろと言うのだ。俺はこうしているだけでも精一杯なんだ。こうして一日、じっとしているだけでもやっとなんだよ。軍もそれが判っているから、こんな年齢《とし》の俺に年金をくれて、何もせずに生きていける保障をしてくれているんだ」

「司令部は司令部だ。僕はそんなのはいやだ。あんたが僕をどう思っているか知らないが、僕はあんたに復帰してもらいたいんだ。これから先、死人みたいなあんたと一緒に暮らすのかと思うと僕だってうんざりなんだ」

「じゃあ、出て行くといい」

ロッドは言った。カーチスは一瞬絶句してから、自分を落ち着かせるように頷きながら言った。

「悪かった。そんな積もりで言ったんじゃないんだ」

「判ってるよ」

「どう言ってもうまく伝わらない。どう言えばいいんだ」

「判ってる」

ロッドは静かに言った。

「俺だっておまえに面倒はかけたくない。お互い別々に暮らした方がいいかもしれないな。その方が、俺もおまえも気が休まる」

「どうしてだい」

カーチスが驚いたように言った。

「本気でそんなことを言ってるのかい。そんなことを考えちゃだめだ。ただ一人の肉親じゃないか」

「ふん。おまえに説教されるとはな。俺はまだ、おまえに説教をしたこともない」

ロッドはそう言うと、さきほどの小さな額に入った写真を見た。

カーチスはそんなロッドを見て悲しそうな表情を作った。彼は無言で、ウイスキーのグラスを持ち上げ、一口だけすすった。

ロッドは写真を見つめていた。

「そんな写真ばかり眺めてちゃだめだ」

たまりかねたようにカーチスが言った。

「写真を眺めていたって生き返って来やしないんだ。その時代にも戻れない」

「そんな言い方をするな」

「事実は事実だ。認めなくちゃいけない」

「そんな言い方をするな。いいか。これは俺の妻なんだ」

「そうだ。そして、僕の母さんでもあるんだ」

カーチスは少しばかり声を荒げて言った。

「父さんに今必要なのは、この先、生きて行こうとする勇気なんだ」

ロッドはゆっくりとカーチスの顔を見た。

2

三十二年前、人類は恒星間三次元航法用の実用船の実験段階に達していた。

地球連邦の空間海軍《ネイビー》は、テスト航海用のポセイドンI号を、第十三コロニーで建造中で、完成まであと一歩というところまでこぎ付けていた。

無重力の空間ドックで、照明の中に浮かび上がったポセイドンI号を窓から眺めながら、ナガサキ大佐が言った。

「あれが君の艦《ふね》だよ、ロッド」

ロッドは、ポセイドンI号に目を遣《や》った。その目は精気にあふれている。ロッドは全身鋼のようなネイビーの航海士《パイロット》だった。

「君は人類で初めて、光速の九十パーセントを越える宇宙の旅に出る訳だ。と言っても艦内に居る君には、その状態はほんの一秒足らずの出来事だろうがね。艦外の我々は何日も君の艦を追い続けることになるだろう。しかも、君の艦の残した航跡だけを頼りにだ」

「考えただけでも、気が遠くなりそうだ」

ロッドは眼を輝かせて言った。

「そのまま艦が消えちまうなんてことはないんですかね」

ロッドは冗談のつもりで言った。

「そんな事は断じてない」

ナガサキ大佐は本気で言った。

「君の艦の航路はあらかじめ、艦のサブ・コンピューターと、基地のコンピューターにインプットしてある。正確にコロニーの基港へ減速しながら戻って来るのだ。何も心配することはない。君が失うのは、ほんの数日間の時間だけだ」

「それだけでも、あまりいい気持ちはしませんね」

ロッドはにやりと笑って見せた。

「期待しているよ。君の働きに」

ナガサキ大佐はそれだけ言った。


ポセイドンI号は完成した。三次元航法においては、最高レベルの準光速の旅に出るべく、連日入念なチェックが繰り返されていた。

ポセイドンI号が準光速で航行する時間そのものはごく短かかったが、これが人類の大きなワンステップであることは間違いなかった。

「キャプテン。人類初の準光速に旅立つ感想は」

「少佐、今、どんな気分ですか」

ポセイドンI号のテスト・パイロットであるロッドのところに報道関係者が詰めか

けていた。

「今どんな気分かって？」ロッドは皮肉な笑いを頬に浮かべて言った。

「モルモットの気分だよ」

「家族に言いたいことは？」

「おい、不吉な質問をするなよ。まるで俺が死んじまうみたいじゃないか」

そうロッドが言うと記者たちは一斉に笑った。

このテスト航行を誰もが輝かしいものとしてしか受け取っていなかった。誰一人として失敗を疑っている者はいないのだった。

いや、ただ一人この航行に不安を抱いている者がいた。それがロッドだった。

「俺の息子の時代には、息子が安心して恒星間航行の旅をできるような世の中になっていて欲しい。そのためにも俺はポセイドンI号という相棒と未知の旅に出発しなくちゃならないんだ。記者会見は以上だ。ありがとう」

ロッドはそう言って締めくくった。記者席から拍手が起こった。

ロッドは席を立つと、妻と三つになったばかりの息子、カーチスの待つ我が家へと向かった。

そしてテスト航行の日はやって来た。

前近代的な宇宙服こそ必要ないものの、ポセイドンI号の艦橋は決して居心地がいいとは言えなかった。

電波の到達時刻に差があるため、数時間、あるいは数日のずれがあるにせよ、全コロニーの地球人類はこの記念すべき瞬間をTV中継で見つめている筈《はず》だった。

「チェックポイントはすべてグリーンだ。あとは艦にまかせるだけだ」

ロッドは言った。

「OK。こちらでもすべて確認している」

基地からの返事だった。

「よし。出航する」

「航海の無事を祈る」

ポセイドンI号は旅立った。

ロッドはただ一人で星の海を眺めていた。どんなに科学が発達し、その謎が解明されつつあると言っても、変わらず星の海は未知のロマンそのものだった。

ロッドは息苦しいくらいの興奮を覚えて、大きく深呼吸をした。

四つの小さなスクリーンのうち、左上のスクリーンにオリオン星座が映っていた。

ロッドの好きな星座だった。

——いつかは、あの星々まで人類は到達することができるだろう。俺は、今、そこへの一歩を記しているのだ——

ロッドは心の中でそう呟《つぶや》いた。

ポセイドンI号は、急速に加速していった。ロッドが坐《すわ》っていたシートが自動的に耐G姿勢を取る。

ロッドはその姿勢で大小計五つのスクリーンを見ていた。

彼はスクリーンの星たちの色が変化していくのに気付いた。

前方を映し出しているスクリーンに映る星の色は青味を帯び、後方を映し出しているスクリーンの星の色が赤く見えている。

ロッドは、艦の側面を映しているスクリーンを見た。そこは暗黒だった。

スクリーンが故障している訳ではない。インジケーターは相変わらずグリーンを示している。

加速するに従い、視界がどんどん狭くなっているのだ。星の色が変化したのはドップラー効果のせいだった。

やがて、大スクリーンに映し出されていた映像も狭まってきて、ちょうど細いパイプか望遠鏡をのぞいているように、ぽっかりと丸い映像だけがスクリーンに映った。

その丸い〝穴〟は、内側が青、外側が赤の星の輪でふち取られていた。

ポセイドンI号はついに準光速に達したのだ。その時点で艦は大きくう回しながら減速を開始する筈だった。

しかし、艦は依然として準光速で等速度運動を続けていた。

3

コロニーでは、もう数カ月にわたる大混乱が続いていた。

ほんとにささいな事故で準光速艦ポセイドンI号が、勝手に航路を変え、無限の淵《ふち》へと消え去ってしまったのだ。

もう救援は不可能だった。

艦内時間と地上時間の差を想像することのできない一般大衆は、ロッドの長い孤独で不安な旅のことを思い、胸が締めつけられるような恐怖を感じた。

だが、そんな大衆も数年経つうちにロッドのことなどは忘れ去ってしまった。

地球連邦の司令部も、形ばかりのポセイドンI号探索プロジェクトを作り、細々と虚《むな》しい調査を続けているだけだった。

彼のことを片時も忘れずにいたのは、彼の妻と、息子のカーチスだけだった。

しかし、その妻もロッドの帰りを待ちつつ世を去ってしまった。

カーチスは偉大だった父親の意志を継ぐため、父と同じく空間海軍《ネイビー》へ入隊した。彼は、父も母も失った孤独に、唇に血をにじませる思いで耐えながら成長し、やがて航海士として第十五コロニーに配属されたのだった。

やがて彼も、父親が人類初の準光速の旅へ出た時と同じくらいの年齢となった。あの日から三十年余りの歳月が経ったのだ。時代は何もなかったように過ぎて行った。

4

ロッドは何杯目かのウイスキーをグラスに注ぎ足した。

窓の外の大小二つの月は、ゆっくりとその位置を変えていた。夜が確実に深まっていく。

「俺が初めて病院で意識を取り戻した時、何を思ったか判るか」

ロッドはぽつりと言った。カーチスは何も言わなかった。

「俺は宇宙に感謝したんだ。偉大な星の海に、精一杯の感謝をした。一直線に進んでいたポセイドンI号が、突然もとの場所に戻って来たんだ。惑星の表面が球面のように、宇宙の空間が球の状態だったからだ。俺の艦《ふね》はその球面にあけられた穴に落ちて、その穴を素通りして、もとの空間に戻って来たんだ。俺はその時、宇宙《うみ》の偉大なしくみに、いや宇宙の営み、宇宙の意志に救われたと思ったんだ」

「空間に穴をあけたのは、我々地球連邦じゃないか。ワープの実験で、時空に歪《ゆが》みを作ったからだ」

カーチスはたしなめるように言った。

「確かにそうだ。勘違いするな。俺は地球連邦を恨んでいるなどとは一言も言ったことはない」

ロッドは、また一口ウィスキーを飲んだ。

「恨んでいるのは地球連邦なんかじゃない」

「じゃあ、何だって言うんだ」

ロッドはその問いに直接答えようとはせずに低い声で続けて言った。

「俺が病院を出てこの社会に舞い戻った時に、俺は思った。宇宙はなんて残酷な真似をやってのけたのか、と」

低い声に次第に力がこもってきた。

「俺が意識を失っていたのは、三日間だ。たったの三日間だぞ。その間に、この世界はどうなっちまった。上官だったナガサキ大佐はとっくに死んでしまっていた。友人たちも、退役して養老院にいる始末だ。そればかりか妻は死に……」

そこまで言って彼はまたウィスキーをあおった。

「そして……。そして、自分と同じ年の息子が目の前に姿を現したんだ」

カーチスは、首を小さく横に振りながら呟くように言った。

「誰のせいでもない」

「そうさ。誰のせいでもない。こんな残酷なことが誰にできるというんだ。誰にもできやしない。これは宇宙の仕業だ。俺が小さい頃から憧《あこが》れ続けていた星の海、俺が男として生涯をかけてみたいと思った大宇宙。そいつが俺にしたことなんだ」

「もう飲むのはやめてくれ」

カーチスは悲しげに言った。

「俺は宇宙に夢をあずけてやったんだ。その仕返しがこれだ」

「判った。もう飲むのはやめるんだ」

カーチスはロッドのグラスを取り上げながら言った。

カーチスも、やみくもに相手の醜態に腹を立てる年齢ではなかった。

どうしてロッドがこんな態度を取るのか、彼は彼なりに理解しようとしているのだ。

――ロッドは肉親としての自分に甘えているのだ――

カーチスはそう考えて、ロッドの悪態を許そうとしていた。とにかく、現在この世に残されたロッドの肉親はカーチスだけなのだ。

ロッドはソファに身を投げ出して天井を見つめていた。カーチスは、疲れ果てた友人を見る目付きでそのロッドを見つめていた。

「父さんに、またばりばりと働いてもらいたいんだよ。僕にとっての父さんは理想のネイビーだったんだ。勿論《もちろん》、この三十年余り、本当の父さんを知っていた訳じゃない。だけど、僕の中の父さんというのは常に英雄だったんだ」

カーチスは言った。

「歯の浮くようなことを言うな」

ロッドは天井を見つめたまま言った。

「本気じゃないだろう。いや、俺が現れる前は本気だったかもしれないが、少なくとも今は違う筈《はず》だ」

カーチスは何も言えなかった。

確かにロッドの言うことは当たっていないこともなかった。

カーチスが、知らせを受けて第十二コロニーに保護されていたロッドに初めて会った時、当惑したのは彼も同じことだった。

確かに彼は理論上では、光速に近い航行をすれば年を取らないということを百も承知だった。

だが、父親だと紹介された男が、自分と全く同じ年恰好《かっこう》だったのだ。彼はそれが現実とはとても思えなかった。

それから彼は彼なりにロッドとの付き合い方を必死に考えたのだ。

「多少違っても親子は親子だ」

カーチスは力無く言った。

親子という言葉がこれほど気味の悪い響きを持つことはまずないだろう。ロッドは酔いの回り始めた頭でそう考えた。

――俺は長い夢を見ているのではないか。

そして、もうじきこの夢は覚めるのだ。そうしたら、多少くたびれはしてきたものの、昔、俺が夢中になったくらい美しく、今は誰と居るよりも安心できる妻がテレックスの朝刊を持って来てくれる。

三歳になったばかりのカーチスが、よちよちと笑いながら近寄ってくるのだ。

それは、狂おしいまでの虚《むな》しさを伴った空想だった。

「僕はあんたをもう一度孤独にはさせたくないんだよ」

カーチスは何かを諦《あきら》めたような響きのある声で言った。

「もう一度孤独にだって」

ロッドは視線を天井に投げ出したままで、ぼんやりとカーチスの言葉を繰り返して言った。

カーチスは言った。

「あんたは肉体的にも精神的にもまだ三十五なんだ。確かに今まで失ったものは大きかったろうが、これからだって充分それを取り返せる年なんだ」

カーチスは、言いながらどうして自分はこんな月並みな言葉を並べているんだろうと思った。

「もう一度やり直すチャンスがあんたにはあるんだ」

どう考えても、息子が父親に言う言葉じゃないな、とカーチスは思っていた。

事実、自分と同じ年齢である相手を見ながら話しているうちに、彼は自分の同僚にでも話しているような気分になってしまったのだ。

「もう一度、孤独にだって……。それはどういうことだ」

ロッドは、視線をカーチスに向けて言った。

「そんなことはどうでもいい。僕の言っていることを、よく考えてくれ」

カーチスは、少しばかり慌てたように言った。

「どういう意味なんだ」

ロッドは言った。

「今夜、俺と話をしたがったことと関係がありそうだな」

カーチスは黙ってしまった。

「なあ、どういうことなんだ。何かあったんだな。話すんだカーチス」

カーチスは、しばらく、どうしたものかと迷ったような表情をしていたが、やがて、意を決したように小さく溜め息をつくと話し始めた。

「いつ話そうかと考えていたんだ」

カーチスはロッドから目をそらすようにして言った。

「そして、今夜こそ話そうと思いながら帰って来たんだ。あんたの機嫌が良さそうなら。そうしたら、あんたは、いつものように部屋に閉じこもったままだった」

「何が言いたいんだ」

ロッドがカーチスを睨《にら》みすえて言った。その言葉で踏ん切りを付けたらしく、カーチスは言った。

「僕は結婚したいんだ」

「え……？」

「僕は嫁をもらうんだよ」

カーチスはそう言ったきり、口をつぐんでしまった。

ロッドは一瞬どう言っていいか判らず、目を見開いたままカーチスを見つめていた。

しばらくの沈黙があった。

ロッドは、いったい自分はカーチスの何なのかと改めて自問していた。この人生の重大な、あるいは重大かもしれない出来事に対して何も言ってやれないのだ。

――当然じゃないか――ロッドは泣き出したい気分で思った。――何も言ってやれないのも、どうしてやればいいのか判らないのも当然じゃないか――

親というのは、子供と一緒に成長するものなのだ。彼はそう考えた。

最初は誰だって子供の叱り方ひとつ知りはしないのだ。子供の行動を見、良くないことをしたら叱り、その反応を見てまた考える。

そうした長年のケース・スタディを経て親と子という関係、信頼ができ上がるんじゃないか。ロッドは思った。

親だけ取り残されて子供が成長してしまった。親は親としての成長を遂げていないのだ。

ロッドは今更ながらその事実に直面して当惑しているのだった。

一方、カーチスは、結婚を宣言した瞬間に、今までそうでもなかったのだが、ロッドに対して父親を強く意識していた。

その瞬間に、初めてロッドを本当の父親だと感じたと言ってもよかった。カーチスの方も、その不思議な自分の感情の動きに当惑していた。

ロッドの酔いはいっぺんに醒《さ》めてしまっていた。重苦しい沈黙に気付いた彼はようやく口を開いた。

「いつ結婚するんだ」

「来年の春には式を挙げたいと思ってる」

春と言ってもコロニーに四季がある訳ではない。慣習としてそういう言い方が残っているだけだ。

「もう、そんなに日はないじゃないか」

「だから言ってるんだ……」

カーチスはその先は言わなかった。

ロッドは、父親としての戸惑いと同時に、カーチスに対して奇妙な感情を抱いていた。

それは、親しい友人が恋人を作って、なかなか自分と付き合ってくれなくなった時に感じる諦めのような淋《さび》しさに似ていた。

ロッドはそのことで、今までいかにカーチスにわがままを言ってきたかを思い知った。

ロッドは言った。

「俺のことをどう紹介する積もりだ」

「勿論《もちろん》、父親だと言うさ」

「相手の両親にもか」

「同じことを言うよ。心配ないさ。父さんのことは、全コロニーの人間が知ってるんだ。当然、彼女だって、彼女の両親だって知っている」

カーチスは、親指を立てて、それでメダルのはめ込んである盾を指して言った。

〝時を超えし英雄に贈る〟

ロッドは不安を覚えた。

救出されて以来、ロッドが付き合っていたのは同じ年齢の息子であるカーチスだけなのだ。

いわば彼の社会性は、カーチス一人で保たれていたのだった。カーチスがロッドを見捨てて行ってしまうにしても、新たに、生活の中にカーチスのワイフが介入してくるにしても、ロッドの生活は今まで通りにはいかなくなってしまうだろう。

なぜカーチスが今夜、ロッドに説教をしたがったかが、ロッドには痛いほど理解できた。

ロッドはカーチスが身勝手だとは思わなかった。身勝手なのは自分だった。

確かにロッドは社会性を絶たれた老人ではないのだ。だが、今からやり直す自信は、ロッドの中には、どうしても今一歩湧いて来ない。

だが、父親として、ここで何とかしてやらなければならないと、ロッドは頭の中だけで真剣に考えていた。

それが父親としての最低条件だ。いや、資格や条件などという問題ではない。無条件で何とかカーチスの思い通りにさせてやらなければならない。

彼はそう思った。

だが、どうすればいい。彼の心は眩惑《げんわく》するほど揺れ動いていた。

「リズという娘《こ》だ」

黙り込んでしまったロッドを見て、カーチスはおずおずと言った。

「え……」

ロッドは驚いたように顔を上げた。

「結婚する相手だよ。リズ・フォー・チェンという名だ」

「リズ・フォー・チェンか……」

そう呟《つぶや》いたロッドの瞳《ひとみ》に少しばかり柔らかな光が差した。

「どんな娘《こ》なんだ。どこで知り合った」

ロッドはそう尋ねた。

カーチスの表情にも、その一言で明かりが点《とも》った。

「僕や父さんと同じ黒い髪と黒い目の女の子だ。アイボリーのような見事な肌をしている。年は二十八だ。貿易センターで重役の秘書をやっている娘《こ》なんだ。五つの共通語がペラペラの才女さ。僕と同じセントラル・ステーション・ユニバーシティの卒業生なんだ。去年のクリスマスに、知り合いの店でパーティーがあって、そこで知り合ったんだ」

カーチスはさきほどまでの沈痛な表情も忘れて、ロッドが驚くほど明るくしゃべった。本当は、これが言いたくてたまらなかったのだろう。

「俺が眠りながら宇宙を渡り続けている間に、おまえは女をひっかけていた訳か」

ロッドは真顔で言った。

「え……」

カーチスの表情がふと曇った。

「その時はそんな事を知らず……」

カーチスは苦々しい声で言った。その顔を見てロッドが吹き出した。

声を上げてロッドは笑った。カーチスはあっけに取られてその様子を見ていた。

「ばか。冗談だよ」

ロッドは言った。カーチスは舌を打ち鳴らして見せた。カーチスは、ロッドが笑ったのを初めて見たような気がした。事実、初めてだったかもしれない。その笑顔は不思議なほどあたたかかった。それはきっと父親の笑顔だったのだろう。

「俺たちと同じく、髪も目も黒いんじゃ、生まれてくる子供に楽しみが半減だな」

ロッドが言った。

「犬や猫の子みたいに言うなよ」

カーチスは苦笑しながら言った。

ロッドは、棚の上の写真を見た。

初めて彼が妻に会った時のことを思い出していたのだ。第十三コロニーから第十二コロニーに向かう定期便の客船に彼女はいた。ロッドは休暇を第十二コロニーにある保養地で過ごすためにその船に乗っていたのだ。彼女はコロニー間の旅行が初めてのようだった。船内のビュッフェで同席したのが知り合うきっかけだった。

ロッドは、その時話した一言一言までを全部思い出せそうな気がした。それは確かについさっきまでの悲痛な思い出とは、色彩も匂いも異っていた。

彼はその写真に向かって心の中で語り掛けた。

——おまえの息子が嫁をもらうとさ。もうじき奴も父親になるんだ——

不思議なことに、数時間前とは、ロッドの心の中は明らかに変化していた。彼自身、このきっかけを長い間待ち望んでいたのかもしれない。

「海軍に戻ってくれるね」

カーチスが言った。

「それは判らない」

「じゃあ、これからもこのままでいるというのかい」

「それも判らない」

「実はもうひとつしようと思っていた話があるんだ。どうしても父さんの手を借りたいプロジェクトがあるんだ。第三惑星と第十コロニーの間にあるアステロイド・ベルトで作戦海域を拡大する計画があって……」

勢いに乗って話そうとするカーチスをロッドは両手を挙げて制した。

「正直に言って、まだ俺にもどうしていいか判らないんだ」

「まだそんなことを言ってるのか」

カーチスは、あきれ果てた顔をして見せた。

「ゆっくり考えるさ」

「司令部もあんたの手を期待しているんだよ」

カーチスは同僚に言うように言った。不思議なことに、ロッドはそう言われると男として嬉《うれ》しかった。

なるほど、と彼は思った。こういう付き合い方もあるな。彼は、カーチスとの新しい付き合い方をあれこれと考えているのだった。

「でも、それは本当じゃないな」

ロッドは言った。

「あの世界は期待する、しないじゃなくて、必要とするかしないかだ。本当に俺を必要とするなら年金など与えて食わしていないで、すぐさま召喚する筈《はず》だ」

　カーチスは肩をすくめて見せた。

　ロッドは組んでいた足をほどいてソファから立ち上がり、窓にゆっくりと歩み寄った。

　大小の月は大きく傾きかけていた。

　眼下には、コロニー居住区の明るい街並が広がり、漆黒の空には、銀河系の星々が無数に輝いていた。

　その夜空を、ゆっくりとパトロール艇が横切っていった。

　ロッドが街並を見下ろすのは久し振りだった。彼には不安の要素がいっぱい満ちていた。チューブ列車の乗り方ひとつ取ってもまごついてしまうかもしれないのだ。

　ロッドは長い間立ち尽くしたまま窓の外を眺めていた。

「宇宙《うみ》へ出たくないなら、他の仕事を見つけるといい」

　カーチスは再び言った。

「社会に戻らなくちゃいけないんだ。一般論を言ってるんじゃない。これは父さんのためであると同時に、僕とリズのためでもあるんだ」

　ロッドは何も言わずに、まだ窓の外を見ていた。

「新しい生き方を見つけてほしいんだ」

カーチスは同じ説得を繰り返していた。

ロッドは静かに目を上げた。

そこにオリオン星座が見えた。彼はポセイドンI号の中から見たその星座を思い出していた。

そして次に、子供の頃に見た同じ星座を見出《みいだ》した。

——いつかは人類もあそこへ行く時が来るだろう——

彼はポセイドンI号の中で考えたのと同じことを、もう一度考えてみた。

——だが、その時になっても人間たちは、片付けなければならない問題を個人個人が山とかかえているんだ——

カーチスは、ロッドが何を考えているのか判らず、その後ろ姿を黙って見つめていた。

もう説得のために声を掛けることはなかった。

「気を付けろ」

やがてロッドが口を開いた。

「え……」

カーチスはその言葉の意味が判らなかった。

「何に気を付けるんだ」

背を向けたままでロッドは言った。

「俺にリズを取られないようにな」

彼はカーチスをゆっくりと振り返った。カーチスはロッドが何を言い出したのか理解できなかった。

「何を不思議そうな顔をしているんだ」

ロッドは言った。

「俺はおまえと同じ年の魅力的な男なんだ。おまえの婚約者を奪い取ってもおかしくはないだろう」

カーチスはぽかんとしていた。

「父親のやる事じゃないと言いたいんだろう。そりゃそうだ。しかし、男と男なら不思議はない」

「無茶苦茶な理屈だ」

カーチスはロッドの真意を測りかねてうつろな声で言った。

「何をぼんやりしている。そんな間抜け面をしていると腕ずくでも奪い取ってしまうぞ」

そう言うが早いか、突然ロッドはカーチスに飛びかかった。

「うわっ」

カーチスは悲鳴を上げて椅子から転げ落ちた。

テーブルの上にあったグラスが倒れカーチスの上にウイスキーがふり注がれた。

「ど、どうしたんだ」

カーチスは慌てて叫んだ。

「うるさい」

ロッドは叫び返すと、床にひっくり返っているカーチスに躍りかかった。

カーチスは一瞬、ロッドが発狂したのではないかと思いぞっとした。なんとかロッドの攻撃から逃がれて、彼を落ち着かせようとカーチスは思った。

だが、ロッドの力はカーチスの想像以上に強かった。現役を退いているとはいえ、ロッドはネイビーの指折りの航海士だったのだ。

どうしようもなくなり、カーチスは応戦の態勢に入った。

「おい、落ち着け。どうしたっていうんだ。気でも違ったのか」

「がたがた言ってると首をもぎ取っちまうぞ」

顔を紅潮させたロッドが言った。

「くそ」カーチスは自分の上に馬乗りになっているロッドをふり落とそうと必死でもがいた。手足が棚やテーブルにぶち当たり、棚の上の盾が床の上に落ちた。

ようやくカーチスはロッドを払い落とすことができたが、いつの間にか彼も興奮してきており、今度はカーチスがロッドを組み伏せようとした。

ロッドはブリッジでそれを避けようとした。カーチスはロッドの上から転げ落ち、勢い余ってカーテンを引きちぎってしまった。

ロッドは、もがいた拍子にテーブルを蹴《け》り倒した。

上になり下になり、二人の男は息を切らして組みついていた。

いつしか、二人の顔は無邪気な子供のようにほころんでいた。どちらからともなく二人は声を上げて笑い出した。二人は気が狂ったように笑った。

ロッドはウイスキーのボトルを拾い上げ、大笑いしながらカーチスの頭へとその中味をぶちまけた。

カーチスも大笑いした。他人が見たら、気が違ったとしか思えない姿だった。

したたか笑った後、ロッドは苦しそうに息を切らしながら言った。

「判ったか」

カーチスは笑い、何度も頷《うなず》きながら言った。

「ようく判ったよ」

カーチスには、ようやくロッドの気持ちが理解できた。今後の二人の付き合い方のルールを今、この場で決定したのだった。

「判ったら、街へ飲みに出よう。俺も女をあさりに行くんだ」

ロッドはそう言うと立ち上がった。

「シャワーの浴び直しだ。これじゃ女は口説けない」

カーチスはそう言うと部屋を出て行った。

ロッドは部屋の出口でふと立ち止まり、持っていたボトルをソファめがけて勢いよく放った。

5

投げ出されたブルーの制帽が宙を飛び、マホガニーの背もたれのあるソファの上に落ちた。真新しい制帽で、それには民間の旅客定期船会社の社標が入っていた。

そして、居間の照明が点《とも》った。

部屋の入口に立っていたのは、颯爽《さっそう》とした旅客船のクルーだった。全身から精気がほとばしるようだ。

ほんの数ヵ月前までのロッドを知っている者がいたとしたら、今、部屋の入口に立っているその男を全く別人だと思ったことだろう。

ロッドは家の中にカーチスの姿がないのを確かめて、微笑を洩《も》らした。

彼はカーテン越しに見える二つの月を眺めてから、棚の上の妻の写真に向かって言った。

「ただいま。カーチスはまたディトらしい」

返事こそないものの、ロッドにとってその妻との会話は、大切なセレモニーのひとつとなっていた。

カーチスはその事を知らなかった。それはロッドが未《いま》だにカーチスに秘密にしておきたい事柄のひとつだった。

ロッドが民間の航海士として社会に戻ってから三ヵ月が過ぎていた。ロッドにとってたった半年のブランクは、世の中の三十数年の時の経過を意味していた。技術や航海理論の進歩は、ロッドを驚かせるばかりだった。

ロッドにとって学ぶ物はあまりに多過ぎたが、基本的なシステムに変化がある訳ではなく、彼がキャプテンとして活躍できる日がやがて来るだろうことは確実だった。苦しみを苦しみとして感じずにいられる時期が人生には何度かあるものだ。彼は今、その何度目かのピークにいることを自覚していた。

「着替えて、シャワーを浴びて来るよ」

ロッドは妻の写真に向かって言った。

緊張と疲労がロッドの全身を支配しているようだった。今や彼は、途上国から突然、超先進国へ留学に来た学生そのままだった。

しかし、その足取りは決して重たくはなかった。

寝室のハンガーに、まだ染料の臭いがしそうなほどパリパリの社章のついたブレザーを掛けると、彼は素裸でバスルームに向かった。

熱めの湯で全身を赤くほてらせておいて、一気に冷水を浴びた。背筋に殴られたような衝撃を感ずる。爽快感《そうかいかん》が体のすみずみまで行き渡ったところで、再び熱い湯を全身に叩《たた》き付けた。

疲労感がにわかに消え去った。

濡《ぬ》れたままの体にタオル地のバスローブをまとい、彼は居間へ戻るとブランデーをグラスに注いで、お気に入りのソファに身を沈めた。

部屋の照明をルーム・スタンドだけにして彼はグラスから立ち上る芳香を楽しんだ。

「落ち着き払っているように見えるだろう」

彼は棚の上の写真に向かって言った。

「こうでもしていないと、心の中のバランスを保てないんだ。何せ、新米のクルーより質《たち》が悪いんだからな」

ロッドはそう言って苦笑して見せると、ブランデーを一口ふくんで目を閉じた。神経の緊張が解けてゆくのがはっきりと判った。

「リズというのはいい娘だ」

彼は目を閉じたまま言った。

「美しく、優しく、何より頭がいい。分別があって、それを表に出さない知性もある。カーチスの奴は有頂天だよ」

彼は写真に、半開きの目を向けた。

「だが、おまえにはかなわないな。カーチスの奴は、何とか俺にも女の子を紹介しようとしてくれるんだが、誰もおまえにはかなわない」

ロッドの中で妻の面影は思い出以上のものに昇華されていた。女々しい思い出話の類《たぐい》では決してなかった。それが現在、ロッドがカーチスに誇れる唯一のものとすら言えた。

カーチスは今やロッドの先輩と言える立場にあった。新しい技術や理論については、現役のネイビーであるカーチスの方がよほど詳しいのだから仕方がない。

「今に、奴にギャフンと言わせてやる。父親らしいところを見せてやらないとな」

玄関で物音がした。

「息子のご帰還だ」

ロッドは妻にウインクをして見せた。

「一人かい」

居間に顔を出したカーチスが言った。

「見れば判るだろう」

「話し声が聞こえたようだったから……。電話でもしていたのかい」

「まあな……」

「いい事だ。数カ月前の父さんにはあり得なかった事だ」

「そんな台詞《せりふ》は、もうおまえには言わせないよ」

「シャワーを浴びて来る」

「ビールを用意しておいてやるよ。訊《き》きたい事があるんだ」

「またかい」

カーチスは困ったような笑顔を見せた。

「今夜は何だい。波動理論と重力発生装置の関係でもしゃべらせられるのかい」

「似たような事だ。おまえにしか判らんことだからな」

「そんな事があるのかな」

「あるとも。俺が訊きたいのは、リズの友だちのカレンとマリコの住所と電話番号だ」

「好きにしてくれ」

カーチスはバスルームへと姿を消した。

ふとロッドは満足感に似たものを感じた。それが父親としてのものであるのか、ライバルとしてのものであるのかは判らなかった。

――どちらでもいい――

彼は思った。ここまで自分が来られるとは思ってもいなかったのだ。

シャワーの音とともに、カーチスの口笛が聞こえてきた。ロッドはそのメロディーを聞いて驚いた。それは地球文化の古典とすら言えるモダンジャズのスタンダード・ナンバーだった。カーチスがどこでそんな曲を覚えたのかロッドには不思議だったのだ。

「あの野郎」

ロッドは舌打ちをして笑みを洩らした。

ロッドは、その曲がホレス・シルバーという大昔のジャズ・ピアニストのものであることを知っていた。曲名は「ソング・フォー・マイ・ファーザー」だった。

チャンナン

1

道場の隅に置いた丸椅子に腰かけて、稽古《けいこ》時間が来るのを待つ。眠気が襲ってきて、慌ててかぶりを振る。

眠いとか、疲れたとか言っていられない。習うほうなら、体調が悪いの仕事の都合があるのといって稽古を休めるが、指導する側は休むわけにはいかない。

俺の本職は小説家だが、こうして空手の道場もやっている。自宅の地下が空手道場になっているのだ。

毎月、嫌になるほど締め切りがある。加えて空手の指導もしなければならない。あまりに毎日が目まぐるしく過ぎていくので、忙しいとも感じなくなった。

最近、「忙しい」という言葉は、暇人のためにあるのではないかとさえ思う。

道場生たちが、それぞれにウォーミングアップをしている。午後七時半。稽古開始だ。まず、師範代が準備運動と基本稽古を済ませる。

武道に準備運動は必要ないという人もいる。実戦のときに準備運動などしている暇はないと主張するのだ。

だが、それは極論だ。急に体を動かしはじめるとそれだけで筋肉や靭帯《じんたい》を傷めることもある。空手を習いに来ているのは、普通の社会人だ。怪我などしないに越したことはない。準備運動はやはり必要なのだ。

基本稽古というのは、突きや蹴《け》りの稽古、そして受け技などの稽古のことだ。

それが終わると、師範代は「整列」の号令をかける。俺がその列の前に座り、まず、正面に礼、そして道場生たちと礼を交わす。

たいていは、「ピンアン（平安）」という初心者向けの型から指導を始める。平安は、初段から五段まであり、基本的な立ち方や足運びを学ぶのに適している。

ピンアンが終わったところで、黒帯と初心者に分かれて型の稽古をする。沖縄少《しょう》林流《りんりゅう》の流れをくむ我が道場では、流祖である喜屋武朝徳《きゃんちょうとく》が伝えた七つの型を稽古する。

初心者の稽古は、師範代が担当する。元警備関連の会社に勤めていた師範代は、道場破りに来て、そのまま入門してしまったということになっているが、もちろん、そんなのは嘘だ。

あるとき、飲み会でそういう話をしたら、ひどくウケたので、そのままにしている。

俺は、もともと同じ少林流系統の流派の門弟だったが、在籍二十年目に独立をした。あるときに、沖縄県島尻《しまじり》郡知念《ちねん》村（現在は、南城《なんじょう》市）にある空手道場の演武を見たのがきっかけだった。

後頭部をハンマーで殴られたような衝撃を受けた。今まで、沖縄空手の型だと信じて稽古していたものが、まったく違っていたのだ。

同じ名前の型だが、本物の沖縄空手は、もっとずっとシンプルで力強く、わかりやすいものだった。素朴で味わい深い。

どうせ空手をやるなら、そういう型を学びたい。そう強く思うようになった。

それから、沖縄古流空手の研究を始めた。調べれば調べるほど奥深く、魅力的だった。もう、元の流派にはいられないと思った。沖縄の知念村に出かけ、演武ビデオの道場のN先生にすべての型を見ていただいた。

流派を辞めても、新たな流派を作るとか、別団体を立ち上げるといった野心があったわけではない。細々と一人で研究してもいいと思っていた。

前の流派にいるとき、俺は支部を預かっていた。俺が流派を辞めると言うと、その支部の会員の多くが、ならばついていくと言ってくれた。十人に満たなかった。それが、今の団体の始まりだ。

その頃、俺は、ある武道家と格闘家の小説を書いていた。金が欲しいがいっこうに金持ちにはならず、やたらに強くなっていく格闘家と、強くなりたいだけなのに、あまり強くなれず、代わりに弟子がやたらと集まり、どんどん金持ちになっていく武道家の話だ。

ふざけた話だが、実際の俺の空手人生も、なんだかその小説の武道家と似たようなことになってきた。

道場生が増え始めたのだ。もっとも、これは俺の空手の実力のせいではなく、やはり小説を書いていたからだと思う。

昔はさかんに格闘技モノなどを書いていたので、俺のことを本当に強いと勘違いした読者が道場にやってきたりしたのだ。

まあ、何にしても人が集まるのはありがたいものだ。今では、大阪、福山《ふくやま》、そしてモスクワ、サンクトペテルブルクに支部がある。

支部にも足を運ばなければならないので、ますます忙しくなった。だが、好きでやっていることなので、文句は言えない。

その日も、セイサンから始め、ワンシュウ、バッサイ、アーナンクー、チントウ、ウーセーシーと進んで、クーシャンクーで締めくくった。

稽古後は、道場生と飲みに行く。いつも近くの商店街にある、幸楽《こうらく》という中華料理店の二階をほぼ貸し切り状態で飲む。

たいした話はしないのだが、時には真面目に空手の話などすることもある。この日も、たまたま、ピンアンの型の話になった。

武道関係のウェブサイトや武道雑誌を見ることが趣味という、やたらに知識だけは豊富な道場生が尋ねる。

「ピンアンの型は、糸洲《いとす》安恒《あんこう》が、体育教育のために工夫して創作したものなんですよね？」

こいつは、ひょろりと手足が長い。

「そうだ」

俺はこたえる。「明治三十四年に、ピンアンを制定して、県立第一中学校、今の首《しゅ》里《り》高校で指導したんだ」

「一説によると、そのときのピンアンと今普及しているピンアンは、かなり違うものだったということですが……」

「たしかにそういう説はある。だが、本当はどうだったのか、今となってはもう検証する術《すべ》はない。俺は、今残っている型をいろいろと研究して、最も古い型に近づけようと努力をしている」

「もし、ピンアンの原型があったとしたら、それはどんな型だったのでしょう?」

「さあな……。だが、俺たちがやっているのと、糸洲安恒のピンアンがそれほどかけ離れているとは思えない。これは、大きな声では言えないのだが……」

「はい……」

「糸洲のピンアンと、今伝わっているピンアンが違うものだというのは、本土の空手家が言い出したものかもしれない」

「本土の空手家……」

「知ってのとおり、本土ではかなり空手が変質した。まあ、いろいろな要素が絡み合ってそうなったので、一概に悪いことだとも言えない」

「いろいろな要素……?」

「まずは、時代だ。本土に本格的に空手を伝えたのは、富名腰義珍《ふなこしぎちん》だ。大正五年に京都の武徳殿《ぶとくでん》で演武をし、大正十一年には東京で開かれた体育展覧会で、空手の型を披露している。そして、そのまま東京で空手の指導を始めたんだ。日本は明治政府の富国強兵策から、太平洋戦争へと突き進んでいる真っ最中で、空手もそれに合わせた形になる。すなわち、集団で稽古《けいこ》するための体系が必要になり、なおかつ、短期間である程度の結果を出さなければならないということになった」

「はあ……」

「しかも、富名腰義珍は、主に大学に空手を広めた。四年間しか修得する期間がない。それまでの沖縄の空手は、マンツーマンの指導が原則で、四年といえば、ようやく基礎練習が終わる頃だ。当然、沖縄とは違うスタイルが必要になったわけだ。当時の大学生というのは、今とは比べものにならないくらいのエリートたちだ。そして、彼らは西洋の学問を中心に学んでいる。空手も、西洋のスポーツ理論で理解しようとしたわけだ。だから、試合をやりたいなどと言い出す」

「でも、試合を始めたから、空手が全世界に普及することになったわけですよね？」

「そう。そういう側面もある。だから、スポーツとしての空手ということを考えれば、本土に入って変わったことは悪くない。だが、それによって、沖縄に残っていた貴重な古流の型や、その理念などが失われることになった」

「あの……、ピンアンの話なんですが……」

「あせるな。そういうわけで、本土の空手はスポーツとして変質をしていく運命を背負っていたわけだ。型も、華美になり、体操競技のように見た目の美しさにこだわるようになった。本当の技の意味を失っても、試合に勝てるように作りかえていったわけだ。ピンアンもそういう流れの中にあった。そして、そういう空手を学んだ人々の中から、あるとき、はっと気づく人が出てくる。ネットなどで、古い沖縄の型を見る機会も増えたからな……。もしかしたら、今自分たちがやっている型は、沖縄の型とは違うのではないか、と……」

「ははあ……。そういうことでしたか……」

「簡単に納得するなよ」

「え……？」

「これは、あくまで俺の解釈だ。もしかしたら、本当に今俺たちがやっているのとは別のピンアンが存在したかもしれない」

別の道場生が会話に参加してきた。これも、武オタ、つまり武道オタクだ。彼はぎょろりとした眼が特徴だ。

「チャンナンですね」

俺はこたえた。

「そう。糸洲安恒は、チャンナンと呼ばれた型からピンアンを作ったという説もある」

「チャンナンは、中国人の漂流者でしたね？」

「そう。泊《とまり》の海岸に漂着して、墓地の脇にある洞窟《どうくつ》に住んでいた。その洞窟は、フルヘーリンと呼ばれている」

「フルヘーリン？」

「フルは、古いという意味、ヘーリンは入るところという意味だそうだ」

「そのチャンナンが糸洲安恒に伝えたのが、ピンアンの原型だったというわけですか？」

「そのあたりがよくわからない」

最初に質問してきたひょろりとした道場生が言う。

「わからないんですか？」

「ピンアンは、初段から五段まである。だが、チャンナンというのは単一の型だったと考えられている。チャンナンを五つの型に分けたと考えるのは乱暴だ。ピンアンには、バッサイやチントウ、クーシャンクーなどと共通する部分があるので、そうした古流の型の要素を集めたという見方もある」

「たしかに、そうですね」

「だから、チャンナンという型を、ピンアンを作る際の参考にしたと考えることもできる」

後から会話に参加した、ぎょろ目の道場生が言う。

「参考ですか？　でも、参考にしただけなら、ピンアンの原型なんていう言い方をされますか？　たしか、本部《もとぶ》朝基《ちょうき》が、ピンアンなんて、糸洲がチャンナンから短期間で習った型なので、学ぶ価値などないと言っていたそうですね。……で、事実、本部朝基はピンアンはやっていないじゃないですか」

本部朝基というのは、明治三年に生まれ、太平洋戦争終結の前年に亡くなった空手家だ。大阪や東京でも空手を指導したことがある。

もともと、首里の御殿《ウドゥン》と呼ばれた琉球《りゅうきゅう》王族の家系で、身軽なことから、猿《サールー》とあだ名された。

若い頃から実戦を積み、とにかくやたら強かったらしい。

たしかに、ぎょろ目が言ったとおり、本部朝基がピンアンをやったという話は聞いたことがない。

「本部朝基は、著書の『私の唐手術《からて》』の中で、ピンアンは糸洲安恒が考案した沖縄独特の型で、空手界のために、大いに喜ばしいことだ、と書いている」

「それって、社交辞令じゃないですか？」

ぎょろ目が言う。彼は、物事を素直に見ない傾向がある。

「そうとも言い切れない。さっきおまえが言った本部のピンアン批判は、あまり根拠がない」

「まあ、ネットのネタですからね……」

「本部が糸洲安恒から習ったのは、ピンアンの原型のチャンナンだったと言われている。本部が作った『白熊』という型があると言われているが、それが実はチャンナンだったという説もある」

「ああ、それは自分も聞いたことがあります」

ひょろ長いのが言う。「『白熊』は、今も本部流に伝わっているんですよね？」

俺はこたえた。

「そうらしいが、実は見たことがない。一説では、やっぱりピンアンに似ているということだ」

「そういえば、喜屋武先生も、ピンアンはやらなかったんですよね？」

「そうだな。少林流には、七つの型しか伝わっていない」

「やっぱり必要ないと考えたんでしょうか」

「おそらくそうだろうと思う。糸洲安恒の師範代をつとめた屋部憲通《やぶけんつう》が、『ピンアンをやるくらいなら、クーシャンクーを稽古しなさい』と言ったと伝えられている」

「こういう話もありますよね」

ぎょろ目が言う。「本部朝基が、晩年の糸洲安恒に、ピンアンとチャンナンは違うのかと尋ねたら、昔とは多少型が変わっているが、今は学生たちがやっている型を正式としている、とこたえたそうですね。ピンアンという呼び名も、第一中学の生徒が考案したものを採用したのだと言った、と……。つまり、チャンナンとピンアンは同じ型だったということですよね」

「それは、仲宗根源和《なかそねげんわ》の『空手研究』にある記述だな。そいつは鵜呑《うの》みにできないよ。仲宗根源和は、『空手道大観』などの研究書を編纂《へんさん》したりして、空手界に貢献したが、本人は空手を本格的に稽古していたわけじゃない」

「もともと思想家であり、政治家ですからね」

「だから、彼の記述には、空手に対する誤解もあるかもしれない」

「しかし、記録に残っているものを疑ってかかっては、何も信じられなくなります」

「沖縄の空手に関しては、何も信じられないのさ」

「え……？」

「もともと、口伝でしか伝えられなかったから、古い時代の型などの記録が残っていない。同じ先生の弟子でも、その先生が若い頃に習ったのか、晩年の弟子だったのかで、型も変わってくる。そして、空手家一人一人の創意工夫も加わってくる。どんなに型を大切にしていると言っても、代替わりすれば型も変わる。それに、最近では、本土の型が沖縄に逆輸入されている。全空連《ぜんくうれん》の指定型を稽古《けいこ》しなければ、大きな試合に出られないからだ」

全空連というのは、全日本空手道連盟のことだ。本土の主だった流派が参加しており、スポーツ空手を推進している。

ぎょろ目が言う。

「身も蓋《ふた》もないような言い方ですね」

「実際そうなのさ。だから、文献を漁《あさ》ったり、ネットの世界を調べ回ったりするより、体を動かして稽古するほうがいい。そのほうが本質がつかめる」

「なるほど……」

どうせ、酒を飲みながらの話なので、俺もどこまで自分の話が正確なのか怪しくなってくる。

いつもは、一次会だけで引きあげるのだが、この日は妙に興が乗り、カラオケスナックなどに移動してしまった。

師範代をはじめとする重鎮だけの二次会だ。ここで、また大いに盛り上がり、つい深酒をしてしまった。

徒歩で自宅まで戻るのだが、足元がおぼつかない。こんなに酔ったのは久しぶりだ。かつて、那覇で、六十度の「どなん」という泡盛を飲んだとき、国際通りが揺れているように感じたが、今日もそんな感じだ。

真っ直ぐ歩いているつもりなのに、つい千鳥足になってしまう。なんとか、自宅にたどり着き、すぐにベッドにもぐり込んだ。

横になっても、ゆっくりと天井が回っているような気がする。水平に寝ているはずなのに、船に揺られているような感覚がある。

こういう気分は久しぶりだった。

深い闇の中に沈んでいくように感じられる。

まずいな……。

そう思ったときには、体が動かなくなっていた。

なんだか、今まで経験したことのないような酔い方だと思った。体がゆっくり回転していく。

このままだとゲロを吐くかもしれない。そう思い、起き上がろうとした。トイレに行かなければ……。

だが、やはり体が動かない。闇に沈んでいくような感覚が強くなる。沈んでいくというより、もはや深い淵《ふち》に落ちていくようだ。

思わず叫び声を上げそうになったが、金縛りのような状態で、手足も動かなければ声も出せない。

落下のスピードがどんどん速まる。そして、闇の中に吸い込まれていった。

俺の意識が途絶えた。

2

ひどい気分だった。頭が重くて、胃がむかむかしている。動悸《どうき》も激しい。喉《のど》がからからだった。

とにかく、水が飲みたい。そう思って目を覚ました。

夢を見ていた。どこか、波打ち際にでもいるような夢だった。砂浜に波が寄せる音が聞こえている。

俺は、砂の上に寝ていた。白い砂だ。まるで、沖縄の砂浜だ。

酒が残っているせいだろうか。半覚醒《かくせい》状態で、まだ浜辺にいるような気分だった。

あれ……。

いや、そんなはずは……。

俺は、目を覚ました。それでも、俺は依然として浜辺にいた。砂の上に寝そべっていたのだ。

よく、テレビドラマや映画で、こういうときに、はっと驚いて飛び起きるのを見るが、実際には、そうはならないことがわかった。

咄嗟《とっさ》に体は反応しない。いつもと変わらずに起き上がり、周囲を見回して呆然《ぼうぜん》とするだけだ。

驚愕《きょうがく》するというより、自然と笑い顔になる。

「え、これ、どういうこと……？」

信じがたい出来事を、冗談で済ませたいという心理が働くのだろうか。まさか、自分がこんな状況で、にやにやするとは思わなかった。

俺は、どうして海岸なんかに倒れていたのだろう。昨夜の記憶がはっきりしない。

酔っ払って、どこかの海岸にやってきて、そこで眠ってしまったのだろうか。

俺の自宅は東京都目黒区だ。そして、稽古後飲みに行ったのは、近所の中華料理店だ。それから二次会に行った記憶が、うっすらと残っているが、それからのことはよく覚えていない。

まさか、二次会の後に、タクシーを飛ばして海岸にやってきたのではないだろうな。過去にそんなことは一度もなかった。

では、この状況をどう説明すればいいのだろう。

俺は回らない頭を無理やり働かせようとした。だが、すぐにそんなことは後回しでいいと気づいた。

水が飲みたい。

それが何より切実だ。水でもスポーツドリンクでもいい。冷たい茶でもいい。

俺はふらふらと立ち上がった。一瞬、呆然とした。右手は低い崖《がけ》になっている。その下が白い砂浜だ。その向こうに少しだけ見えている海の色に驚いた。

完璧《かんぺき》なエメラルド色だった。

しばらく、その海の色に見とれていた。どんなときにも、自然の美しさは人の心を魅了してくれる。

しかし、生理的欲求は、それに勝る。俺は、どこかにミネラルウォーターでも売っていないかと、周囲を見回した。

崖の脇に細い道がある。上り坂だ。それを上ってみようと思った。

すぐ左手に、横に細長い洞窟《どうくつ》のようなものが見えてきた。自然に出来た洞窟のようだった。

そのとき、俺はデジャヴを起こした。この景色は見たことがあると感じたのだ。

さらに進むと、石で出来た何かの建造物が並んでいるのが見えた。

俺は、「あっ」と声を出した。

デジャヴではなかった。本当に見たことがある景色だった。それは墓だ。しかも、沖縄独特の亀甲墓《かめこうばか》だ。

一つ一つが広い敷地に設けられている。墓の前には、「ハカヌナー（墓の庭）」と呼ばれるスペースがあり、墓参りに来た親族がここで宴会を開いたりするらしい。

ハカヌナーは、空手の稽古場でもあったらしい。かつて、空手は、深夜から明け方にかけて、人の眼を忍んで稽古をしたのだという。

広いハカヌナーは、型稽古にはもってこいだったという。

「じゃあ、ここは……」

俺は独り言を言った。「泊の墓地か……」

近くに聖現寺《せいげんじ》という寺があるはずだ。記憶を頼りに、そちらに向かった。だが、寺はない。

もともと俺は方向音痴な上に、一度で地理を頭に入れるような器用な真似はできない。土地鑑があるわけではないので、勘違いだったのだろうと思い、さらに進んでみた。

違和感が募っていく。

墓地のほうを振り向いてみた。たしかに、その景色には見覚えがある。洞窟と墓の位置関係も記憶のとおりだ。

だが、聖現寺が見つからない。寺の脇に大きな木があったはずだ。それも見当たらない。

いや、そればかりか、泊高校の校舎もなければ、外人墓地もない。

違和感はさらに募る。その最大の理由に気づいた。舗装された道路がない。どこを見ても草むらと土がむきだしになった道ばかりだ。

今時、どんな田舎に行っても道路は舗装されている。

ここは、俺の知っている泊ではない。

そう結論するしかなかった。ならば、ここはいったいどこなのだろう。

突然、背後から声をかけられた。鋭い声だ。若い男が立っていた。その男の風体を見て、またしても啞然《あぜん》としてしまった。

豊かな鬚《あごひげ》をたくわえている。色は浅黒い。よく日焼けしているからだ。身長はそれほど高くはない。着流し姿だが、見慣れた着物とはどこか違う。帯をへそのあたりで締めている。

何より異様なのは、頭の上のちょんまげだ。日本風の髷《まげ》ではない。カンプーと呼ばれる、沖縄士族の髷だ。

「あ、あの……」

俺は、話しかけてみることにした。「ここは、泊ですか?」

相手の男は、警戒を露《あら》わにしている。眼が炯々《けいけい》と輝いている。何も言わず、じっとこちらを見ている。

「沖縄なんですね? あ、ロケか何かですか? これ、オープンセットですかね?」

それは咄嗟に考えた、唯一の合理的な解釈だ。

別の男が、近づいてくるのが見えた。最初の男は、その男と何やら話し合っているようだった。

その会話が聞こえてくる。だが、何を話しているのかさっぱりわからない。外国語かな、と思った。

中国か韓国の、映画の撮影かもしれない。だとしたら、俺はどうしてこんなところにいるのだろう。

寝ている間に空輸されたのだろうか。そんな記憶はまったくない。まだ、夢を見ているのかもしれないと思った。

そのうち、また一人、また一人と人が集まってきた。みんな似たような風体をしている。着流しにカンプー。そして髭。

結局五人ほどの男たちが集まり、何事か話をしている。そのときに、気づいた。

外国語ではない。これは、沖縄弁《シマグチ》だ。若い世代の沖縄県人は、もう祖父祖母の話す言葉がわからないと言う。古い沖縄民謡にしか残っていないような沖縄弁を、彼らは話しているのだ。

俺は、ためしに聞きかじりの沖縄弁で語りかけてみることにした。

「くまや、トゥマイ、よーやーみ？」

ここは泊ですか、と尋ねたのだ。

五人がはっと反応した。

その中の一人が話しかけてくる。だが、やはり、何を言っているのかまったくわからない。

こういう場合、尋ねられることは決まり切っている。

「おまえは何者だ？　どこから来た？」というようなことを尋ねているのだろうと思った。

俺は、目を覚ました海岸のほうを指さした。そして、そちらに歩きだした。五人の若い男たちは、警戒した様子で俺のあとについてくる。

墓地を通り、フルヘーリンの前を過ぎて、海岸に出る。考えてみれば、現代であればこんなところに海岸があるはずがなかった。

俺は、倒れていた海岸に下りて、そこに倒れてみせた。五人の若者はまた何事か話し合っている。

俺は、通じないとわかっていながら言った。

「あの、どうでもいいけど、水を一杯飲ませてくれないか？　茶でもいい」

沖縄弁でも水は水で、茶は茶だ。ただ、水は「ミジ」という発音になる。どうやら、こちらの意図を理解したようだ。一人が走り去った。その男が戻ってきたとき、大きな湯飲みを持っていた。

それを差し出された。俺は受け取り、においを嗅《か》いでみる。ジャスミンティーのようなにおいがした。サンピン茶だろう。

一口飲んだ。ぬるいがとてつもなくうまかった。一気に飲み干し、ようやくほっとした。

男たちが、口々に何かを尋ねはじめた。警戒心は弛《ゆる》んだようだ。好奇の眼差《まなざ》しだ。

俺は、自分の服装を見た。昨夜飲みに行ったときと同じ恰好《かっこう》だ。ジーパンに、Tシャツ、薄手のジャンパー。彼らとは、まったく違う服装だ。興味を引かれるのももっともだ。

俺は、海辺を見て、それから男たちの背後にあるフルヘーリンを見た。

「これじゃあ、漂着民だよなあ……」

その独り言に、五人の男たちは耳をすました。俺は、独り言を続けるしかなかった。

「これじゃあ、まるでチャンナンだ……」

「チャンナン……」

若者たちの一人が言った。すると、他の者たちも、その名を口にした。

「チャンナンを知っているのか？」

俺は尋ねた。当然、その質問に対するこたえはない。俺は、そのとき若者たちの拳に気づいた。鍛錬のあとがある。

こいつら空手をやっている。

何者かわからないが、空手をやっていることは確かだ。古い沖縄弁をしゃべり、空手をやっている若者たち。

今時流行《はや》らないどっきりカメラの類《たぐい》かもしれない。そんなことを思いながら、俺は、まず人差し指を立てて、彼らの注目を集めておいて、ピンアン初段を始めた。

若者たちは、はっと立ち尽くし、俺の一挙一動に視線を注いだ。

ピンアンをやり終えると、彼らはやや興奮した面持ちで口々に何かを言いはじめた。

とにかく、何を言っているのかわからない。

俺は、地面に置いた湯飲みを手にとって言った。

「とにかく、もう一杯、茶をくれないか」

3

とにかく、受け容《い》れるしかない。俺は、そう自分に言い聞かせた。小説家というのは、荒唐無稽《こうとうむけい》なことを考えているようで、実はものすごく地に足のついたことしか考えられない。物語が破綻《はたん》しないように、細心の注意を払いつつ、読者にそっぽを向かれないように、現実味のあるエピソードを紡いでいくしかない。

事実は小説より奇なり、などというが、それは当たり前なのだ。

その一方で、何でもありだ、と考えているのも事実だ。だから、今俺の身に起きていることが、何となくだが、理解できるのだ。

俺は、時空を超えたというわけだ。おそらく、首里王府がある時代の沖縄の泊に飛んで来てしまったのだ。

聖現寺が見当たらなかったことも、それで説明がつく。沖縄戦で焼失し、場所を移動して建て直したのだと聞いたことがある。

なぜ時空を超えてしまったのかはわからない。だが、それより重要なのは、これからどうするか、だ。

夜になると、例の若者五人組がまたやってきた。フルヘーリンの中で俺はごろ寝をしていた。何せ、やることがない。周りは真っ暗だ。

原稿を書かなくていいなんて、なんて幸せなのだろう、などと呑気《のんき》に構えているところだった。

食べ物や飲み物をたくさん持ってきてくれた。

「宴会でもやるつもりか？」

俺は尋ねた。彼らは、昼間よりずっと礼儀正しくなっていた。俺は、気づいた。彼らは、俺から空手を習いたいのだ。いや、彼らにとっては空手ではない。漂着した奇妙な異邦人が身につけている未知の武道だ。

沖縄にはニライカナイの伝説がある。神は海の彼方《かなた》からやってくるのだ。だから、中国や朝鮮半島からの漂着者を手厚くもてなすという風習を持っていた。

「まあ、俺の型を見たいというのなら、別にかまわないが……」

墓に移動して、ハカヌナーで稽古《けいこ》を始めた。若者たちの真剣な態度に好感を持った。そして何より彼らの突きや蹴《け》りの力強さに舌を巻いた。

鍛え方が半端ではない。そんな彼らに、空手を指導するなど、畏《おそ》れおおいことこの上ない。だが、求められたら、それにこたえるしかない。できるだけのことをするのが礼儀というものだ。

彼らは、入れ替わり立ち替わり、毎日やってきた。

ある日、見知らぬ若者が訪ねて来た。

がっしりとした体格で、やはり士族の恰好をしている。柔和な眼をしているが、すでに空手家としての風格を身につけていた。

その男は、丁寧に礼をして名乗った。

「イシジ」と聞こえた。

イシジ……。俺は、仰天した。イシジというのは、沖縄弁で「糸洲《いとす》」のことだ。この人物こそ、後に拳聖《けんせい》とうたわれた糸洲安恒に違いない。

「あんたなら、チャンナンを知っているはずだ」

俺は言った。だが、もちろんその言葉は通じない。

俺は、ピンアンを披露することにした。彼が後にピンアンを創作して第一中学で指導するようになるのは、はるか後のことだろう。

糸洲は、食い入るように俺のピンアンの型を見ている。やらせてみると、やはり沖縄独特の癖があるが、見事な型だ。

もし、すでにチャンナンの型を知っているとしたら、その類似性に気づくはずだと思った。だが、糸洲は、そんなそぶりを見せない。黙々と稽古を続けた。

まだ、チャンナンに会う前なのかもしれない。

どれくらい稽古を続けただろう。俺はへとへとになったが、糸洲は平気な顔をしている。

「今日はもう勘弁してくれ」

俺はそういってフルヘーリンに引きあげようとした。糸洲が何か言った。チャンナンという名詞だけが聞き取れた。

「あんたは、どうやらまだチャンナンを知らないらしいな」

糸洲はまた何か言った。やはり、チャンナンという名前を口にした。訳がわからないので、適当にうなずいて洞窟《どうくつ》に引きあげた。

夜明けまでどれくらいあるだろう。まあ、明日《あした》も用事があるわけではない。好きなだけ寝ていられるのだ。それだけでも幸せだ。元の世界に戻れないかもしれない。そう思うと、不安だが、このままでもいいような気もしてくる。

翌日も、何人かの若者が入れ替わりでやってきた。彼らはマンツーマンの伝統を守って、一人ずつやってくる。そういう話し合いができているのだろう。

最後にやってきたのは、糸洲安恒だった。ピンアンを教える。将来は拳聖だとしても、今は若者だ。長幼の序を重んじる沖縄においては、六十近い俺のほうが偉いということになる。

そんな日々が続いたが、ある日、若者たちが集団でやってきた。糸洲安恒もいる。彼らは、酒と肴《さかな》をしこたま持っていた。フルヘーリンの前で宴会をやろうということらしい。

祭りか何かなのかもしれない。もちろん、断る理由はない。夕暮れ時から飲みはじめた。

彼らは、泡盛をストレートで飲んでいる。俺もそうした。たちまち酔っ払った。言葉はほとんど通じないが、酔うとそんなことはどうでもよくなってきた。

真夜中にはぐでんぐでんになり、若者たちは引きあげて行った。

俺は、洞窟の中でごろりと横になった。

そのとき、はっと気づいて、俺は身を起こした。

「俺が、チャンナンなのか！」

漂着した不思議な異邦人。彼らは、何度も名前を尋ねたに違いない。そのたびに、俺は「チャンナン」という名前を口にしていたのだ。彼らが、俺のことをチャンナンだと思ったということは、充分に考えられる。

じゃあ、俺が糸洲安恒に教えたピンアンがチャンナンの型ということになる。

「え、え、え……。どういうこと？」

俺は、酔いのためにぼんやりする頭を必死に回転させようとした。

つまり、俺が見せたピンアンが、後に糸洲によってチャンナンとして伝えられる。そして、糸洲はそれを元に、彼なりのピンアンを作ることになる。そして、さらに時代が下り、多くの流派でピンアンが行われ、それを俺が習ったということになる。

糸洲は、習ったあとも鍛錬を重ね、創意工夫してチャンナンを自分のものにした。その段階で、糸洲流の型に変化していたとも考えられる。

そこからさらに、ピンアンとして変化していった。時代を経るにしたがい、型のバリエーションも増えていっただろう。その一つを俺が習ったというわけだ。ループしている。押井守《おしいまもる》の映画みたいだ……。

そんなことを考えていると、また目が回りはじめた。洞窟の中の闇に吸い込まれていくような気がする。

深い闇に落ちていく。そしてまた、俺は眠りに落ちた。

目覚めたのはベッドの上だった。ひどい二日酔いで、喉《のど》が渇いていた。

なんだ、夢だったのか……。

そんなことを思い、ふらふらと寝室を出て台所に行った。冷蔵庫に入っている水を飲もうとして、服が泥だらけなのに気づいた。沖縄独特の赤茶けた泥だ。

え、じゃあ、俺は本当にフルヘーリンに何日か寝泊まりしていたのか……。

人生、時に信じられないことが起きる。

次の瞬間、俺は慌てた。今日はいったい何日なんだ……。締め切りはどうなる……。

携帯電話の表示を見る。空手の稽古の翌日だ。こちらの世界では一日しか経っていない。念のため、パソコンを立ち上げて日時の確認をした。やはり、結果は同じだったので、ほっとした。

やれやれ、もう一眠りするか……。俺はベッドに戻った。

「先週のチャンナンの話ですけど……」

ぎょろ目が、稽古後の飲み会で言った。「いろいろ調べたけど、実在していたかどうかも怪しいんですね」

俺はこたえた。

「実在していたと思うよ。だが、どこから来てどこに戻ったのか、誰も知らないはずだ」

「チャンナンは、チントウ、チンテー、ジッテ、ジインなどの型を伝えたと言われていますね」

「え、俺はそんな型は伝えていないぞ」

「先生、何言ってるんですか」

「チントウ、チンテー、ジッテ、ジインか……。昔、沖縄には何人もの外国人が漂着していただろうし、多くの中国人も移り住んでいた。その中には中国武術の達人もいて、そういう人から習った型も、いつの間にか伝説の人物チャンナンから習ったということになってしまったのかもしれないな」

「なるほど……」

時空をジャンプした俺がチャンナンだったかもしれない、などという話をしても、誰も信じないだろう。

信じてもらえない話をしても仕方がない。だから、俺は黙っていることにした。この先も、誰にも話すつもりはない。

そして、今日も楽しく酒を飲むのだ。

解説

細谷正充（文芸評論家）

今や警察小説の雄として、ミステリーのみならず、エンターテインメント・ノベル界を牽引《けんいん》する作家となった今野敏は、二〇一三年、作家生活三十五周年を迎えた。昔から旺盛《おうせい》な筆力を発揮していた作者の著書は多く、すでに百六十冊以上を数える。しかもここ数年の爆発的な人気で、絶版になっていた本が次々に文庫化され、ほとんどの作品が読めるようになったのだ。ファンにとっては、まことに有り難い状況である。だが、そんな作者にも、単行本未収録の短篇が、まだあった。それを一冊にまとめたのが本書である。デビュー初期から近作まで、全六作を読めば、今野敏の作家としての〝軌跡〟を知ることができるだろう。

冒頭を飾る「老婆心」（「週刊新潮」二〇〇五年十二月一日号～二十二日号）は、警視庁捜査一課第五係に所属する、大島圭介巡査部長を主人公にした警察小説だ。湯島博巡査と組んでいることから、検死官の谷平史郎たちから、島島コンビと呼ばれている。今回、目黒署管内で殺された若者の事件を担当することになった大島だが、谷が面倒を見ている心理調査官の島崎優子を押しつけられ、島島島トリオで動くことになった。ところが、母親が倒れたとの連絡を受けた大島の心中は穏やかでなく、さらに優子の態度もおかしい。ぎくしゃくした空気を感じながら、大島たちは関係者を当たっていく。

複数の証言の違和感から犯人を指摘する過程も面白いが、やはり本作の読みどころは、大島の心の動きである。母親を心配しながらも仕事を続ける彼は、優子の態度がおかしい理由を知り、怒りを覚える。だがその先に、何物にも代えがたき〝老婆心〟があった。タイトルの意味が明らかになったとき、平凡な中年刑事の肖像が、ゆっくりと立ち上がってくるのである。「ST 警視庁科学特捜班」シリーズの百合《ゆり》根《ね》友久《ともひさ》や、『エチュード』『ペトロ』等で活躍する碓氷弘一など、作者の警察小説には、平凡であるがゆえに非凡な刑事が、間々、登場する。大島圭介も、その系譜に属する刑事なのである。

なお本作は、新潮社編集のアンソロジー『鼓動 ―警察小説競作―』に収録されている「刑事調査官」に続く、シリーズ第二弾である。もちろん本作だけでも問題ないが、併せて読めば、より深く楽しむことができるだろう。

「飛鳥の拳」（「問題小説」一九八一年三月号）は本書の中で、もっとも早い時期に発表された作品である。音楽ライターで少林寺拳法を齧《かじ》ったことのある里村は、新人ロック・バンドのリーダーの企画取材で、河内飛鳥の寺に伝わる日本古来の拳法〝宿禰《すくね》角《かく》〟と出会う。宿禰角と、それを使う寺の娘の美しさに魅了された里村は、自身の都会での生き方を見直すのだが……。

周知の事実だが作者は、作家であると同時に空手家でもある。大学時代から本格的に空手を始め、一九九九年には、在籍していた流派を去り、「空手道今野塾」（現「シヨウリンリュウ空手道今野塾」）として独立した。いうなれば流派の開祖である。こうした格闘技への想いが、小説世界にもフィードバックされているのだ。ただし初期の作品は、格闘技を使う主人公に伝奇的なネタを絡めた、伝奇アクションであった。本作は短篇であるためか、伝奇的要素は匂わす程度で終わっている。でも、だからこそ作者の格闘技愛が、ストレートに伝わってくるのだ。意外な事実が判明した後の、里村の行動が、それを証明しているのである。

「オフ・ショア」（「週刊小説」一九九二年六月五日号）は、失恋した男が南の島でスキューバ・ダイビングをすることで、心を浮上させるまでを描いた作品だ。筋立てはストレートであり、特に語るべきところはない。ところが小説技法の観点から眺めると、大いに語りたくなってくる。まず文体。改行を多用し、詩的な効果を高めているのだ。それにより海中や島の夜景が、美しく表現されている。

さらに会話部分に留意したい。冒頭、男が好きな女に振られる場面で会話が使われているが、以後は男のモノローグで進行する。そして男が失意の底から浮上したラストに至り、ようやく島の住人との会話が入るのだ。このことにより作者は、失恋で自分の殻に閉じこもった男が、再び他者と触れ合える人間になったことを、読者に教えてくれるのである。さらりと書いたように見えて、実に手が込んでいるのだ。

残りの三篇は、SF小説誌及びSFアンソロジーに掲載された作品である。作者は若い頃からSFが好きであり、二〇一四年一月に刊行された自伝『流行作家は伊達じゃない』の中で、

「その頃、本はかなり読むようになっていた。北杜夫にのめり込んでいたので、勢いあまって遠藤周作にも手を出した。感想は言わずにおこう。それよりもSFが好きだった。中学生のときは《レンズマン》シリーズを読んでいたし、高校生になって定番の星新一、筒井康隆ときてレイ・ブラッドベリなども読んでいた。何かが道をやってきていたのだろう」

と記している。そうしたSF嗜好《しこう》と、デビュー当時のSF人気が嚙《か》み合ったのか、初期作品にはSFもしくはSFの要素を入れたものが多い。とはいえ読み味は、それぞれ違っている。「タマシダ」（「SFアドベンチャー」一九八三年九月号）は、さえない会社員の一言から生み出されたヒット商品の裏に潜む、人間以外の存在の思惑を描いたもの。ペシミスティックな未来を予想させるラストは、ちょっと作者らしくなく、そこが新鮮な魅力になっている。また、奇抜な商品を扱った作品としては、二〇〇六年十月に出版した、書き下ろし長篇『膠着《こうちゃく》』もある。こちらは、気持ちのいい成長小説だ。ふたつの作品を読み比べて、作者の変わった部分と変わらない部分を、あらためて熟考してみるのも面白いだろう。

一方、「生還者」（「SFアドベンチャー」一九八一年八月号）は、宇宙船の事故から奇跡的に助けられたものの、ウラシマ効果（光速に近づくほど時間の流れが遅くなること）により、三十余年を経てしまった男の物語だ。社会は変わり、妻はとっくに死亡。幼かった息子は、自分と同じ年齢になっている。ウラシマ効果を題材にした作品では、よくあるシチュエーションだ。それでも本作が興味深く読めるのは、作者が親子の関係に焦点を絞り込んでいるからである。特異な状況に置かれた父と息子が、いかに新たな関係性を築いていくかが、注目ポイントになっているのだ。今野作品には、大人と若者が、いかに互いを理解するかというテーマを持った作品が少なからずある。もしかしたら本作は、その原点といっていいのかもしれない。

そしてラストの「チャンナン」(『SF JACK』二〇一三年二月刊)は、本書の中で、もっとも新しい作品である。日本SF作家クラブ創立五十周年を記念して企画された、書き下ろしSFアンソロジー『SF JACK』に収録されたものだ。物語の主人公は、作者本人と思《おぼ》しき小説家の〝俺〟。空手の稽古《けいこ》が終わり、道場生との飲み会の席で、ピンアン(平安)という初心者向けの型の話になった俺は、呑《の》み過ぎたあげく、なぜか首里王府のある時代の沖縄にタイムスリップ。そこで俺は、思いもかけない人物と出会う。

本作の前半は、小説のスタイルを採ったピンアン論である。空手家・今野敏として、語っておきたかったことなのであろう。そしてタイムスリップした後半は、空手家・今野敏の夢想である。よくもまあ、こんなに自分の好きなことだけ書いて、しっかりと面白い作品に仕立てるものだ。著書が百冊を超えた辺りから、肩の力が抜けて執筆できるようになったという作者だが、それだからこそ本作のような物語が生まれるのである。

とある小説誌の仕事で、作者にインタビューをしたことがある。一通り話をして、雑談モードになったとき、作者はこんなことをいった。

「俺、まだまだ小説が巧《うま》くなるよ」

この言葉を聞いたとき、背筋が震えた。デビュー数年を経て専業作家になってから、ひたすら小説を書き続けてきたという自信と、常に上を目指していたという自負。いつまでも、どこまでも前に進もうという、作家としての在り方に、感動せずにはいられなかった。だから今野作品は面白い。本書を読み、作者の軌跡をたどることで、ひとりでも多くの読者に、それを実感してもらいたいのである。

初出

「老婆心」（「週刊新潮」二〇〇五年十二月一日号〜二十二日号）
「飛鳥の拳」（「問題小説」一九八一年三月号）
「オフ・ショア」（「週刊小説」一九九二年六月五日号）
「タマシダ」（「SFアドベンチャー」一九八三年九月号）
「生還者」（「SFアドベンチャー」一九八一年八月号）
「チャンナン」『SF JACK』（二〇一三年二月　角川書店刊）

本書はフィクションです。

軌跡《きせき》

今野《こんの》 敏《びん》

平成26年 2月25日　初版発行
平成26年 6月10日　3版発行

発行者●山下直久

発行所●株式会社KADOKAWA
〒102-8177　東京都千代田区富士見2-13-3
電話 03-3238-8521（営業）
http://www.kadokawa.co.jp/

編集●角川書店
〒102-8078　東京都千代田区富士見1-8-19
電話 03-3238-8555（編集部）

角川文庫 18402

印刷所●株式会社暁印刷　製本所●本間製本株式会社

表紙画●和田三造

ISBN978-4-04-101260-4　C0193

角川文庫発刊に際して

角川源義

第二次世界大戦の敗北は、軍事力の敗北であった以上に、私たちの若い文化力の敗退であった。私たちの文化が戦争に対して如何に無力であり、単なるあだ花に過ぎなかったかを、私たちは身を以て体験し痛感した。西洋近代文化の摂取にとって、明治以後八十年の歳月は決して短かすぎたとは言えない。にもかかわらず、近代文化の伝統を確立し、自由な批判と柔軟な良識に富む文化層として自らを形成することに私たちは失敗して来た。そしてこれは、各層への文化の普及滲透を任務とする出版人の責任でもあった。

一九四五年以来、私たちは再び振出しに戻り、第一歩から踏み出すことを余儀なくされた。これは大きな不幸ではあるが、反面、これまでの混沌・未熟・歪曲の中にあった我が国の文化に秩序と確たる基礎を齎らすためには絶好の機会でもある。角川書店は、このような祖国の文化的危機にあたり、微力をも顧みず再建の礎石たるべき抱負と決意とをもって出発したが、ここに創立以来の念願を果すべく角川文庫を発刊する。これまで刊行されたあらゆる全集叢書文庫類の長所と短所とを検討し、古今東西の不朽の典籍を、良心的編集のもとに、廉価に、そして書架にふさわしい美本として、多くのひとびとに提供しようとする。しかし私たちは徒らに百科全書的な知識のジレッタントを作ることを目的とせず、あくまで祖国の文化に秩序と再建への道を示し、この文庫を角川書店の栄ある事業として、今後永久に継続発展せしめ、学芸と教養との殿堂として大成せんことを期したい。多くの読書子の愛情ある忠言と支持とによって、この希望と抱負とを完遂せしめられんことを願う。

一九四九年五月三日